U0092159

一讀就懂
漢語詞彙短語18句

劉運同・著

前言

　　早期的語言學理論把語言看作是由詞彙和語法組成的系統，人們利用詞彙和語法規則來生成和理解句子。隨著研究的深入，研究者發現，人們在使用語言時也會利用一些預先編制好的片語，把它們當作一個詞彙單位看待，如「越來越」、「on the other hand」等等。這樣的片語被語言研究者稱做「詞彙短語」（lexical phrase）。除了「詞彙短語」的叫法，這樣的片語被不同的研究者賦予不同的名稱，如成語（idiom）、整體短語（holophrase）、預先裝配好的言語（preassembled speech）、開場白（gambit）、慣常形式（conventionalized form）、句詞（sentence item）、合成體（composite）、固定表達（fixed expression）、熟語性單位（phraseological unit），等等。

　　詞彙短語是一個複雜的現象，可以從詞彙、語法、語義、語用、甚至語音各個角度進行研究。關於詞彙短語的性質和特點，研究者認為，詞彙短語具備如下一些特徵：（1）非組合性（non-compositionality）；（2）詞彙語法上的凝固性（lexicogrammatical fixedness）；（3）規約性（institutionalization）。詞彙短語在語言中大量存在，在人們的語言使用中發揮著重要的作用。語言學家通過研究逐步認識到，無論是從理論建構還是從語言應用的角度來看，詞彙短語不再是一個可有可無的邊緣現象，它是人們語言能力的一個重要組成部分，對它的深入研究將有助於全面深刻地認識語言的特性，有助於完整地描寫人們的語言能力，同時對人們的語言應用也具有一定的指導價值。

近幾年來，由於對外漢語教學的需要，我們對現代漢語中的詞彙短語進行了一些研究，既包括對詞彙短語特點和作用的探討，也包括對一些具體詞彙短語意義和功能的描寫和分析。其中很多題目來自我們的教學實踐。在對外漢語教學中，留學生對那些在詞典上查不到的詞彙短語往往感覺很難掌握。例如留學生往往分不清「好的」與「好吧」區別。在用「可不是」回答問題時也不知道在「可不是」後面可以加上一些什麼樣的話語。

《一讀就懂——漢語詞彙短語 18 句》是一部專題論文集，收錄了我們就漢語詞彙短語所寫的 21 篇論文。除少數幾篇發表過以外，其餘都未曾發表。論文寫作時間跨度比較大，各篇寫法也不完全相同，篇幅也長短不一，體例也不盡相同。在研究中，我們嘗試借鑒會話分析的研究方式，努力從會話或者語篇的角度來觀察和分析詞彙短語的各種功能。但是由於條件的限制，一些論文採用了文學作品中的會話片段，並沒有使用真實自然的口語語料。此外論文還大量利用了北京大學漢語言研究中心現代漢語語料庫、中國傳媒大學傳媒語言文本語料庫、北京語言大學 HSK 動態作文語料庫的語料。謹在此向建設這些語料庫的專家和學者表示敬意和感謝。

由於水平有限，書中一定存在許多不足和錯誤，敬請讀者批評指正。

劉運同

2011 年 4 月

目次

詞彙短語的特性及其重要意義

壹、引言

　　傳統的語言研究把語言看作是由詞彙和語法組成的系統，詞彙是語言的建築材料，語法是語言的構造規則。人們利用語法規則和詞彙來產生和理解無數的語句，因此語言使用被認為是一種按照一定的規則進行的創造性活動。不過人們的言語實踐證明，人們在使用語言時，並不是每次都是臨時地根據語法規則和需要的詞語建構新的語句，他們會使用一些預先編制好的片語，好像使用一個詞語單位一樣，如「說心裏話」、「on the other hand」等等。這樣的片語被語言研究者稱做詞彙短語（Nattinger and DeCarrico，2000：1）。除了詞彙短語（lexical phrase）的叫法，這樣的片語被不同的研究者賦予不同的名稱，如成語（idiom，Fraser，1970）、整體短語（holophrase，Corder，1973）、預先裝配好的言語（preassembled speech，Bolinger，1975）、開場白（gambit，Keller，1979）、慣常形式（conventionalized form，Yorio，1980）、句詞（sentence item，Pawley and Syder，1983）、合成體（composite，Cowie，1988）、固定表達（fixed expression，Moon，1998）、熟語性單位（phraseological unit），等等。

　　對於詞彙短語，研究者除了承認它們由多個詞語組成以外[1]，對於它們的性質、範圍和類型存在著較大的分歧。對於什麼樣的詞彙組合可以看作是詞彙短語人們的判斷往往也是不相同的。研究者最先開始注意到的是那些典型的成語，如「kick the bucket」、「胸有成竹」等，對諸如「you know」、「how do you do」、「對不起」、「一邊……一邊」這樣的短語或結構是不是應該當作詞彙短語存在著爭議。如今詞彙短語的範圍大大擴大了，上述的片語大都被當作某種詞彙短語。對於詞彙短語的性質，人們的認識也更加全面和深刻。

貳、詞彙短語的特性

　　詞彙短語是由多個詞語組成的、相對固定的短語，跟按照一般的語法規則組成的自由片語不同，它們作為一個整體存儲在語言使用者的頭腦中，作為一個整體加以使用。從組成上來說，它們大於詞；從使用上來說，它們相當於短語或句子。這也是它們被稱作詞彙短語的原因。雖然詞彙短語這個名稱涵蓋了許多不同類型的固定表達，研究者認為，作為詞彙短語應該具備如下一些特點。

一、非組合性（non-compositionality）

　　從較廣泛的意義上講，這可以看作是語義標準，指詞彙短語的意義不可能由組成詞彙短語的各個成分相加而得出。研究者最初關

---

[1]　這一點也存在例外，有的學者如 Hockett（1958）、Katz and Postal（1963）把單個的詞語也當作成語。

注的詞彙短語是純成語，即具有比喻意義的短語，如「red herring、smell a rat、胸有成竹、戴高帽」等等。非組合性還可以指詞彙短語的語法結構不符合一般的語法規則，或者包含了特殊的構成成分。例如「by and large」是由一個介詞和形容詞用聯結詞連接起來構成的，不符合英語語法規則。在「to and fro」這個短語中「fro」這個詞只出現在這個短語中，在其他的環境中見不到它。另外一些詞彙短語雖然形式上具有組合性，意義可以根據構成成分和語法規則得出，但是由於具有了特殊的話語功能，也可以認為具有非組合性。英語的「hey, wait a minute/second」的構成符合一般的語法規則，其意義也不具有隱喻性，但是這個短語卻具有特殊的功能，就是用來表示反對他人的意見。這種特殊的功能同時也決定了這個詞彙短語不允許其他的表示時間的詞語出現在冠詞後面，雖然按照一般的語法規則，所有表示時間的名詞都可以出現在那個位置。

　　當然並不是所有的研究者都同意詞彙短語具有非組合性。首先非組合性和組合性只是程度的差異，而並非截然對立。所謂的純成語非組合性最強，而一些具有特殊功能的詞彙短語非組合性最弱，其間存在很多過渡的現象。其次，一些研究者堅持，即使是具有隱喻性的詞彙短語，其構成成分對隱喻意義的理解也是有作用的，如上文所舉英語的兩個例子「red herring、smell a rat」，第一個例子「red herring」本義指薰制成紅色的鯡魚，用來比喻把注意力從中心論題轉移開的東西。要理解這個短語的寓意，構成短語的兩個詞彙可能無法提供幫助，語言使用者是把這個短語的隱喻意義當作一個整體記憶的。但是對於第二個詞彙短語「smell a rat」（感覺不妙），儘管第一次遇到這個短語的人可能無法確定「rat」的確切含義，但是動詞「smell」的基本意義對於理解這個短語還是有明顯幫助的。在 Moon

的研究中儘管仍舊把非組合性當時判斷詞彙短語（他的術語是固定表達）的一個基本的標準，但是他（1998：8）同時指出：「非組合性應該理解為構成固定表達的詞彙在固定表達中可能含有特殊的意義，這並不意味著這些意義不可能據理解釋和類推出來，也不意味著它們從不出現在其他的語境中。」

二、詞彙語法上的凝固性（lexicogrammatical fixedness）

詞彙語法上的凝固性指詞彙語法方面不具有自由片語的自由選擇性，可以說是詞彙短語在詞彙語法方面的一種缺陷。如只能由某些詞彙單位構成，在變換上不自由等等。例如在英語和漢語中都有一些名詞性短語，構成成分的順序一般是不可顛倒的，如「春夏秋冬、salt and pepper」。趙元任（2001：188-189）把這類短語叫做「聚合體」，他認為，「一個聚合體比一串自由詞緊密，比一個普通複合詞鬆散。緊密在於語音上無停頓（除天干、地支太長，念起來不得不分段），中間不能插進別的字。也在於次序固定。」

不過詞彙語法上的凝固性並不是一個詞串被判作詞彙短語的充分條件。一方面固定的詞彙串並不都是詞彙短語，如通過電腦的統計人們發現有一些詞語常常出現在一起，如 Kjellmer（1987）發現詞串「to be/had been/one of」出現頻率非常高。而 Renouf and Sinclair（1991）利用語料庫發現一些詞語組成的結構，如 a/an……of, too……to, many……of 以很高的概率出現。但是恐怕大多數學者不會把這些詞語串當作詞彙短語或熟語[2]。另一方面詞彙短語的詞彙語

---

[2] Nattinger and DeCarrico（2000：36-37）把詞彙短語分為兩類：一是不能產的固定結構；另一類是能產的、由類別符號和特殊的詞彙項目構成的框架，例

法凝固性也是連續統。詞彙短語中既有像「by and large、胸有成竹」這樣一字不易的短語，也有如「hey, wait a minute/second」這樣只允許極個別替換的短語。此外對於像 Nattinger and DeCarrico（2000：42-44）提出的句子構造者（sentence builder），如「the ＿＿＿ er X, the ＿＿＿er Y」，用來代替 X、Y 的小句理論上是無限的。

　　由於語料庫語言學的發展，研究者得以利用大型的語料庫來調查詞彙短語的凝固性。例如 Moon（1998）利用了 180 萬詞的當代英語語料庫（The Oxford Hector Pilot Corpus）對英語中的固定表達進行研究，結果發現儘管凝固性是固定表達的一個特性，但是仍有大約 40%的固定表達具有詞彙變異，或具有很明顯的規約性的轉換方式；大約 14%的固定表達擁有兩個以上的規範形式。因此他認為依據真實的語料，人們對詞彙短語凝固性的認識會更加深入。根據他自己的研究，他覺得那些資料足以使人們「對凝固性的概念提出疑問」（Moon，1998：121）。

三、規約性（institutionalization）

　　一個詞彙短語在最初可能是一個特定的臨時組合，但是由於使用頻率的增加，逐漸演變成（並被人們當作是）一個詞彙單位，這

如「a +N〔time〕+ago」或者「Modal+you+VP」等等。按照他們的理解，Renouf and Sinclair （1991）例中的「too……to」也許可以看作是一種框架。對於 Kjellmer（1987）發現的詞串「to be/had been/one of」語料庫語言學者也很重視，《郎文英文口語和筆語語法》用一個章節對這樣的詞串（lexcial bundle）進行了研究。對於如「going to be a/It should be noted that/I don't know what」這樣的詞串，研究者認為不管它們的成語性（idiomaticity）如何，不論它們的語法地位是什麼，僅僅是考慮到它們非同一般的高頻率，也值得研究者注意。

一過程被稱為規約化。詞彙短語的規約性是指某一個言語社團在表達特定功能時通常會使用這些詞彙短語，這些詞彙短語是人們表達思想的便利方式。例如在漢語中用於問候的短語是「你好」，在英文中類似的問候語是「how do you do」。但是正如研究者所指出的那樣，規約化是一個過程，不同的詞彙短語的規約化程度可能存在不同。另外，具有規約性也只是判定詞彙短語的一個必要條件而不是充分條件。

參、詞彙短語的研究方法

詞彙短語是一個複雜的現象，可以從詞彙、語法、語義、語用、甚至語音各個角度進行研究，研究者在確定詞彙短語的性質、類別等方面進行了多方面的研究。Moon（1998：10-18）把對詞彙短語的研究方法分為五類：

一、寬泛、語義方法

在早期的研究中，研究者集中研究了詞彙短語在語義方面的非組合型，或者是詞彙短語整體上的不可分析性。例如 Hockett（1958：166-173）在探討詞的概念時認為，語言中的各類單位可以根據它們是非遵循自由組合的規則分成兩大類，不能自由組合的，不管是語素、詞、片語、小句、對話都可以叫做成語（idiom）。這可能是最寬泛的成語定義，在實際研究中難以利用，但是 Hockett 提出的成語作為規則的例外或對立面的原則，一直為後來的研究者所繼承。Makkai（1972）對英語成語的的語義問題進行了深入研究。他首先

把成語分成兩大類。一類叫編碼成語（idiom of encoding），如英語「he drove at 70 m.p.h.」中「at」的使用，是一種習慣用法。另一類叫做「解碼成語」（idiom of decoding），人們在理解這類詞語時會感到特別困難，因為這類成語具有提供假資訊的潛能（disinformational potential）。Makkai 認為，這一特性是區分成語與非成語的重要標準。Makkai 主要研究解碼成語。按照 Lamb 的層次語法，他把解碼成語分為詞位成語（lexemic）和義位成語（sememic）兩類。一般說來，詞位成語屬於詞彙語法和語義學問題，義位成語則是語用學和社會文化問題。按照詞位成語的表層結構，Makkai 進一步把它們分為六類：成語性動詞（bring up）、純成語（rain cats and dogs）、不可顛倒的名詞片語（salt and pepper）、成語性合成詞（blackmail）、合成動詞（eavesdrop）、假成語（spick and span）。Makkai 的研究發掘了成語的一個重要特徵（提供假資訊的潛能），對這一類成語進行了深入研究，但是他對其他類型的成語（或固定表達）沒有給予足夠的注意。

二、詞彙學方法

這一傳統主要是由蘇聯學者開創的，並影響到英語和其他歐洲語言的研究。他們主要的目的是描寫各種熟語單位及其結構，範圍大大超出了對純成語的研究。他們根據各種熟語單位在使用中搭配情況的不同，對熟語進行了再分類。並且他們把這些研究成果應用到詞典編撰方面，如 Mel'cuk 等人（1988）編寫的俄語《解釋性搭配詞典》，Benson 等人（1986）的《英語搭配辭典》。

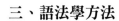

三、語法學方法

從語法的角度，詞彙短語（特別是純成語）被看作是對語法規則的違反，研究者試圖把詞彙短語納入當時流行的語法模式中（如生成轉換語法）。例如 Katz and Postal（1963）提出一個方案，把成語分成兩類，一類是「詞彙成語」，指多語素或多詞的名詞、動詞等，它們像普通的詞語一樣存儲在詞庫裏。另一類是「成語短語」，另外存儲在「成語表」中，並加以特殊的標示。Fraser（1970）把成語的凝固程度分為七等，這種等級可以在「成語表」中標出來。對成語的語法特性的研究突破了單純從詞彙／語義的角度來研究成語的局限，使人們對成語的特性（如組合性）有了更深刻的認識。

四、功能方法

除了從詞彙語法的角度來研究成語，一些學者（特別是心理語言學研究者和研究搭配的學者）注意到詞彙短語在言語表達方面的作用。研究者十分關注詞彙短語對於語篇生成所起的作用，如促進交際、標示語篇結構等等（Nattinger and DeCarrico，1992）。

五、詞典編撰方法

雖然大多數詞典收錄了一些成語或者固定短語，但是對於它們的取捨具有一定的任意性，對於成語的類別並沒有加以嚴格的界定。越來越多的詞典編寫者認識到，詞典編撰應該受一定的理論指

引，好的詞典不僅應該包括一定數量的詞彙短語，還應該為詞彙短語提供翔實而準確的資訊（如語法結構變動的可能性、語用方面的要求等等）。這樣的詞典不應僅僅依賴編寫者的直覺，還應利用大型的語料庫作為基礎。

張輝（2003）的著作《熟語及其理解的認知語義學研究》從認知語義學的角度考察了熟語（主要是成語）的意義建構問題，書中有一個章節（9-33）對中外熟語研究的情況進行了綜述。對國外的熟語研究，張輝認為存在著語義視角、句法視角、對熟語處理和理解的研究；對國內的熟語研究，張文把它們分為：對熟語性質和範圍的研究、對熟語形式和源流的研究、對熟語意義和結構的研究、對熟語運用的研究、對熟語人文性的研究幾個側面。

肆、詞彙短語研究的意義

雖然詞彙短語的存在是一個客觀事實，但是研究者對它的認識卻經歷了一個較長過程。結構主義語言學（如喬姆斯基的轉換生成語法）把人們的語言能力局限在生成合法句子的句法能力方面。把詞彙短語這類現象當作一種邊緣現象，沒有給予應有的重視。不過從其他角度進行研究的學者卻沒有輕視這類現象。

研究搭配的學者早就注意到語言中有些詞語常用跟其他詞語一起出現，形成常見的搭配。當然詞語一起出現的可能性可能有所不同，既有十分固定的搭配，也有概率比較大的搭配。隨著電腦技術的發展，對大規模語料的統計分析成為可能，人們對詞語的搭配有了更具體的瞭解。如 Kennedy（1989）注意到，在由介詞 at+N 構成

的短語中，由表示地名的專有名詞、人稱代詞構成的 N 來填充的短語占到了總數的 63%。在自然語言處理過程中，計算語言學研究者面臨著如何處理語言中僅靠句法規則無法處理的過渡現象。1984 年 Wilensky 等人提出了「短語方法」（phrase approach）。Zernick and Dyer（1987）的方案中不僅包括單個的詞語，還包括固定短語，如「at large、at all」之類，意義無法從組成成分中推導出來，也包括一些不那麼固定、符合一般語法規則的短語，如「look/sniff/play at」之類。對這一類短語還給出了一般規則和意義，用來處理詞表中沒有出現的例子。這樣這個系統的處理能力就會有所提高。研究言語生成和理解的學者發現，由於詞彙短語具有一定的固定性和常用性，對它們的使用和理解所需要的努力就比較小，使用者可以節省一些努力來建構和處理較大的言語片斷。

對第一語言習得和第二語言學習的研究也表明，兒童和外語學習者在學習母語和外語初期會經歷一個階段，在這個階段他們使用很多言語塊，實際上是一些片語。例如他們可能把「This is a X」前面的三個語素當作一個單位來使用。雖然有的研究者也承認兒童和外語學習者在學習母語和外語初期會大量使用這些詞彙短語，但對它們的作用評價不同。有人（Krashen and Scarcella，1978）把它們看作是語言學習的邊緣現象，認為它們只是在語言學習者臨時應付複雜的交際任務時有些作用。但是隨著研究的深入，越來越多的研究者認識到，對詞彙短語的掌握是語言學習的一種重要過程和方法，對學習者後來對句法規則的掌握具有重要的意義。

在語言描寫和語言理論研究方面，很多的研究者認識到，把語言系統分成語法和詞彙系統過於簡單化，最好是把語言系統的語法和詞彙看作是兩個端點，在兩個端點之間存在許多過渡現象。詞彙

短語正是這一過渡現象的一個例子。一些詞彙短語非常固定，具有整體的意義，比較靠近詞彙一端；而另一些由固定元素和空格組成的格式，特別是那些符合一般語法規則的結構，更靠進句法一端。研究者認為，人們的語言知識或能力除了詞彙、句法知識之外本來就包括詞彙短語的結構和使用方面的知識，一種完善的語言理論或語言描寫不應該忽視這一類知識。Nattinger and DeCarrico（2000）認為，人們詞彙短語使用能力是一種語用語法能力（pragmalinguistic competence），這種能力不僅應該包括在對人們語言能力的分析和描寫中；並且詞彙短語作為語法和語用的結合點，在外語教學中具有很大的作用。Sinclair（1987）認為在語言中同時有兩條原則在起作用，一種是自由選擇原則（the open-choice principle），另一種是熟語原則（the idiom principle）。熟語原則強調語言使用者在建構言語時擁有大量的提前預製好的片語，儘管這些預製塊看起來還可以進一步分析成小的單位。

　　總之，無論是從語言理論還是從語言應用的角度，研究者逐步認識到，詞彙短語不再是一個可有可無的邊緣現象，它是人們語言能力的一個重要組成部分，對它的深入研究將有助於全面深刻地認識語言的特性，有助於完整地描寫人們的語言能力，同時對人們的語言應用也具有一定的指導價值。

伍、結語

　　各方面的證據表明，對詞彙短語的使用是人們語言能力的一個組成部分。雖然研究者對詞彙短語的性質和類型還存在不同的看法，但是研究者從語義、詞彙、語法、語用對方面對它們進行了廣泛的

研究，形成不同的研究方法。對它們在語言理論和語法描寫中的地位的認識也逐步加深。由此看來，把詞彙短語（國內的常用術語是熟語）僅僅局限在詞彙學的範圍內不利於對這種現象的深入研究。

參考文獻

王德春、楊素英、黃月圓。2003。漢英諺語與文化〔M〕。上海：上海外語教育出版社。

溫端政、周薦。1999。二十一世紀的漢語俗語研究〔M〕。太原：山西人民出版社。

許威漢。2000。二十世紀的漢語詞彙學〔M〕。太原：山西人民出版社。

張輝。2003。熟語及其理解的認知語義學研究〔M〕。北京：軍事誼文出版社。

趙世開。1994。Linguistic consideration of idiomatization〔C〕//語用研究論集。北京：北京語言學院出版社。

趙元任著，呂叔湘譯。2001。漢語口語語法〔M〕。北京：商務印書館。

Biber, D. et al., 2000. Longman grammar of spoken and written English[M]. Beijing: Foreign Language Teaching and Research Press.

Fernando, C. 2000. Idioms and idiomaticity[M]. Shanghai: Shanghai Foreign Language Education Press.

Moon, R. 1998. Fixed expressions and idioms in English: A corpus-based approach[M]. Oxford: Clarendon Press.

Nattinger, J. and DeCarrico, J. 2000. Lexical phrases and language teaching[M]. Shanghai: Shanghai Foreign Language Education Press.

原文刊載於《貴州大學學報》(社會科學版)
2005 年第 1 期，第 103-107 頁。

詞彙短語的範圍和分類

壹、引言

早期的語言研究把語言看作是由詞彙和語法兩大要素組成的系統，詞彙是語言的建築材料，語法是把建築材料組合在一起的規則。人們在使用語言時，根據語法規則和詞彙臨時地構造新的句子進行交流。這種概括雖然簡明，卻忽視了語言使用中的一種現象，就是人們在使用語言時，不是每次都臨時地構造新的句子；相反在他們的頭腦中貯存了一些固定的語言片斷，可以像詞語一樣方便地調動，參與人們的言語活動。也就是說，語言使用雖然具有創造性，但是也不同程度地具有「成語性」。語言使用是創造性和成語性的結合。

人們在言語交際中使用的固定語言片斷，就其構成來說是詞語的組合；就其在語言使用中的作用來說，與詞語的地位相當。語言中存在這樣一些單位，說明要在詞彙和語法之間劃分出截然分明的界限並不是一件容易的事。同時，如何區分這些固定組合與按照一般的語法規則產生的自由組合，是語言研究者必須解答的一個問題。另外，這些固定組合究竟應該包括哪些片語，它們有哪些類別，它們在語言使用中具有哪些作用，都需要加以認真地研究。本文主

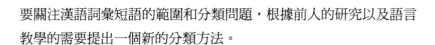

要關注漢語詞彙短語的範圍和分類問題，根據前人的研究以及語言教學的需要提出一個新的分類方法。

貳、詞彙短語的範圍

一、詞彙短語與自由片語的區別

要確定詞彙短語的範圍，一個關鍵的問題是區分清楚詞彙短語和自由片語。這是一種二分法，非此即彼。自由片語是按照一般的語法規則組合而成的片語，其構成成分都不具有固定性，結構本身中間可以插入其他成分（劉叔新，1990：157）。按照這一標準，劉叔新認為，「大象、小山」是自由片語，「大喜、小意思」不是自由片語。

研究者最早注意到的固定片語是所謂的成語（idiom or pure idiom），如漢語的「胸有成竹、東施效顰」；英語中的「kick the bucket、rain cats and dogs」。它們的凝固性很高，任一構成成分都不能被替換；不具有組合性，意義無法從構成成分的意義相加中得到，整體具有比喻意義。但是純成語並不是唯一的固定結構，研究者發現其他一些固定的結構，並不具有或者全部具有所謂的比喻意義，例如上文舉的「小意思」中，「意思」一詞在這裏有特殊的含義，只能與「小」等非常有限的詞語組合。英語中「to make friend」（交朋友）只有「make」一詞的意義受到了限制。還有一些詞語組合，片語整體的意義就是構成成分意義的總和，但是由於固定地搭配在一起使

用,也被當作是固定片語,如「總而言之、諸如此類」;「on the contrary、in sum」。

這裏需要提及詞彙短語和搭配的區別。搭配是常常一起出現的詞語組合,如「高山、坐車」、「rancid butter、curry favor」,它們的確定常常依賴於統計資料。從性質來說,搭配仍舊屬於一種自由片語。但是當一個詞經常性地與另一個(類)詞語一起使用時,形成的片語是自由片語還是固定片語,其間的界線難以確定。例如英語中「catch」可以跟一些交通工具一起搭配,表示按時,如「catch a bus/plane/ferry/train/taxi/hydrofoil/hovercraft/boat」等等,但是卻不能與「ship」和一些私人用的交通工具如「bicycle/car/yacht/dinghy/helicopter」等一起使用。按照劉叔新的標準,這些片語應該被當作具有固定性的詞彙短語。也就是說,詞彙短語實際上是一些較為固定的搭配。

二、詞語串

在研究者的論述中一直強調固定片語(或者叫熟語)是詞語的等價物,例如武占坤、王勤(1983:1)認為,「語言中的熟語(包括成語、諺語、歇後語、慣用語等)也是語言的建築材料,它的造句功能相當於詞,其形式、結構的固定性、使用的現成性,也同於詞。它是詞的等價物,是結構上大於詞的整體性的造句部件。」實際上,固定片語的長度不一,有只包含兩個詞語的片語,也有完整的一個句子(本身包含多個分句),如諺語和警句。陳松柏(1986:57)指出,「一般說來,單詞、短語或片語、從句、句子,這是運用語言時從小到大的四種基本結構型態單位……習語,雖然是總詞彙

中的特殊部分，但就其廣義而言，也有與普通詞語相對應的四種基本結構形態：含特殊意義或具特殊功能的單詞、習用短語，習用從句、習用句子。」由於詞彙短語在結構上具有這樣的差異性，認為它們在造句功能上或者結構上等同於詞，恐怕是以偏概全。如果說有什麼等同性，我們認為詞彙短語在一點上與詞語有共同性，那就是「現成性」，也就是說，詞彙短語雖然是大於詞的結構，但是在使用中卻不是臨時組合起來的，而是作為一種已經預製好的單位、現成的單位來使用。

把詞彙短語當作詞的等價物的研究者還抱有一種沒有說明的假定，詞彙短語雖然在構成上不符合一般的語法規則，但是作為一種特殊的語法結構，可以在語言描寫的基本單位中找到對等物，如它們可能相當於一個詞、一個短語、一個從句、一個句子。但是對於像「I don't know what、in the case of the」這樣的詞語組合，研究者並不把它們看作是詞彙短語（固定結構、熟語、習語或者其他的名稱），原因就在於它們不對應於語言描寫的基本單位，是跨界的單位或者不完整的單位。

由於語料庫語言學的發展，人們發現，傳統的成語，如「kick the bucket、a piece of cake」，總體來說在語言使用中並不普遍；而如「I don't know what、in the case of the」這樣的詞語組合在語言使用中卻相當普遍。語言研究者給這樣的詞語組合起了一個新名字，叫「詞語串」（lexical bundle），它們是「由反覆出現的三個或多個單詞組成的序列」（Biber et al., 2000：999）。詞語串雖然與一定的語言結構存在明顯的聯繫，但是語法上的地位卻不是決定的因素，相反出現的頻率才是決定一個詞語序列是否歸屬詞語串的決定因素。因此這種詞語串是一種反覆出現的擴展搭配，是一種以統計為基礎的固定搭

配。研究者發現，這些詞語串實際上在使用中起到一種短語框架或者句子框架的作用，用來連接起不同的可變成分，適用於不同的特定語境。例如「I don't know what」可以後續不同的小句，用來表達發話人的認知態度。「in the case of the」可以在冠詞後來填充上不同的名詞，來表達特定的情況。在語言使用中它們是作為固定不變的組塊與其他成分一起在構造話語，完成各種交際任務。詞語串的研究突破了人們對固定片語的認識，強調了詞語組合的現成性和複現率，對人們正確理解語言的成語性富有啟發。

三、短語或者句子框架

從上面的討論還可以看出，詞彙短語雖然是由多個詞語組成的組塊，但是只要其中的一個部分具有凝固性，都可以看作是一種固定的組塊。從另一個角度來看，由固定的組塊加上可變的部分實際上構成了一種框架，用來構成眾多的個例。例如漢語中的「從……到……」用來表示時間、過程、地點；英語中「a＿＿＿＿ago」用來表示時間等。這些是用來構成不同的短語。還有些框架用來構成不同的句子，如「I don't know what、It seems to me (that)」等作為主句框架來構成不同的句子。

四、小結

詞彙短語是一種異質的語言現象，它既包括人們一致認可的純成語那樣的固定片語，也包括跨越特定語言結構的詞語串。要對它們的性質和特點作出明確而一致的說明恐怕是一種難以完成的任

務。研究者側重不同的固定組合進行研究，並對它們的特性進行描寫。我們認為，詞彙短語的一個明顯特徵在於它們作為現成的組塊在語言使用中被人們加以利用，表達特定的功能。它們的長度可長可短，語法地位可能對應於短語或句子，也可能跨越兩個單位或不完整。它們的意義可能不具有組合性，也可能跟普通的言語單位一樣由構成成分相加得出。語言的臨時組合與組塊組合共同構成了語言使用的完整畫面，人們的語言能力中包括了使用這種組塊的能力。

參、漢語詞彙短語的分類

根據上文的討論，詞彙短語作為一種固定的組塊在語言中的使用遠遠超出了人們的想像。並且由於詞彙短語並不是一種同質的現象，因此對它們進行分類研究存在著相當的困難。陳松柏（1986：36）指出，「歸納起來，英語習語的分類方法主要有五種：按語源出處分類，按語義關係分類，按語法功能分類，按結構形態分類和按特殊性狀分類。這幾種分類方法都各有優點和缺點，而且，到目前為止，尚未有一種為大多數人所接受的、統一的分類標準。」

我們的分類以 Natinger 和 DeCarrico 的分類（2000：36-47）為基礎，進行了局部的改變。Natinger 和 DeCarrico 分類的優點在於簡明扼要，而且著眼於語言教學的需要。

詞彙短語首先分成兩大類：一類是固定的詞彙串，另一類是由固定的詞彙項目加上特定的空格構成的框架。對於固定的詞彙串，按照它們的長度或者語法地位，分成（1）固定片語；（2）固定語句。同樣框架也分成用於構造短語的框架和構造句子的框架。

一、固定片語

是由多個詞語構成的詞語串，結構相對固定。既包括固定短語，也包括在結構上跨界或者不完整的詞語串，如「就是說、一天比一天、越來越、瞧你說的」等等。對於固定片語，可以進一步分為：（1a）成語、（1b）慣用語、（1c）歇後語。

在上述三種固定短語中除了歇後語由於獨特的形式特徵，比較容易區分之外，如何區分成語和慣用語則令研究漢語熟語的學者傷透了腦筋。劉叔新（1990：127）提出，「成語的獨特處是在意義方面──意義的雙重性」。具有雙重意義的固定短語就是成語；不具有雙重性的固定結構就是慣用語。雖然劉叔新稱自己的分析依據多數人的語感，學者認為這種分析實際上並不符合多數人的語感。還有一些研究者（如武占坤、王勤）堅稱，成語和慣用語的區別在於音節數的不同，成語多是四音節，慣用語多為三音節。周薦（2000）認為，成語多來自古代的權威著作，具有經典性。我們認為，同樣作為一種固定短語，如果不能找出充分的理由區分開成語和慣用語，似乎沒有必要一定要把它們分開。但是為了尊重習慣的分類，這裏仍舊把成語和慣用語分成兩個小類。

二、固定語句

長度和功能上與語句相當，可以獨立表達特定的思想和話語功能。由於它們可以獨立城句，在語言使用中常常是被整體性地運用。主要的類型有：(2a)諺語和警句、(2b)俗套話語。

　　諺語是語義相對完整的定型語句，它的特點是「表達人民群眾在生產和日常生活中、各種社會活動中的豐富經驗」（王德春等，2003：5），例如「三個臭皮匠，合成一個諸葛亮」、「路遙知馬力，日舊見人心」等等。警句是名人創造的含有深刻教育意義的語句，例如魯迅的「橫眉冷對千夫指，俯首甘為孺子牛」，杜甫的「讀書破萬卷，下筆如有神」等等。與之類似的格言則來自古代文獻，如「工欲善其事，必先利其器」等。

　　俗套話語指在語言使用中反覆出現的一些固定表達方式，它們往往同特定的語境和話語功能有密切的聯繫。如見面打招呼的話語「你好！」，問候語「（你）吃了嗎？」，會話中的開端語「什麼風把你吹來了？」，表達祝願的話語「祝你一路順風！」等等。

三、短語框架

　　用來構成短語，例如，「＿＿＿見」，可以構成「明天見」、「回頭見」。也包括「不＿＿＿不＿＿＿」這樣由不連續的固定成分構成的短語格式。

四、句子框架

　　用來構成整個的句子，例如：很難說+S（小句）、誰知道+S（小句）、謝謝+（小句）、你+這+（個）+N（表示斥責，如你個狗東西！你這不爭氣的玩意兒！等等）、麻煩你+VP（表示請求），等等。

　　現將上述分類圖示如下：

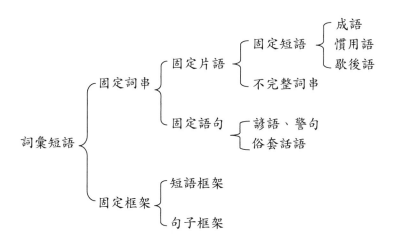

肆、結語

　　從人們語言使用的角度來分析，語言中的固定組塊比以往人們所認識到的要多一些，它們的類型和結構也是比較複雜的，各種類型的特徵也存在較大差異。我們認為，這些組塊共同的特點是作為現成的語言材料被用來建構話語。僅僅從詞彙或者語法的角度來研究，都無法對它們的性質作出很準確的說明，它們處在詞彙和語法的結合面。如果我們要對人們使用語言的能力作出正確的描述，必須包括對人們使用詞彙短語能力的解釋和說明。在本文中我們依據前人對各類固定組塊的研究，結合語言教學的需要，對詞彙短語提出了一個新的分類方法。我們認為，結合語料庫語言學、話語分析的成果，如果能夠對各種詞彙短語的分佈、頻率和使用進行細緻、深入的研究，則不僅有助於深化對詞彙短語性質的認識，對提高人們的語言運用能力也將有很大的幫助。

參考文獻

陳松柏。1986。英語習語概論〔M〕。武漢：湖北教育出版社。

蔣磊編著。2000。英漢習語的文化觀照與對比〔M〕。武昌：武漢大學出版社。

劉叔新。1990。漢語描寫詞彙學〔M〕。北京：商務印書館。

王德春、楊素英、黃月圓。2003。漢英諺語與文化〔M〕。上海：上海外語教育出版社。

溫端政、周薦。1999。二十一世紀的漢語俗語研究〔M〕。太原：山西人民出版社。

武占坤、王勤。1983。現代漢語詞彙概要〔M〕。呼和浩特：內蒙古人民出版社。

向光忠。1982。成語概說〔M〕。武漢：湖北人民出版社。

許威漢。2000。二十世紀的漢語詞彙學〔M〕。太原：山西人民出版社。

趙世開。1994。Linguistic consideration of idiomatization〔C〕//語用研究論集。北京：北京語言學院出版社·

Biber, D. et al. 2000. Longman grammar of spoken and written English[M]. Beijing: Foreign Language Teaching and Research Press.

Fernando, C. 2000. Idioms and idiomaticity[M]. Shanghai: Shanghai Foreign Language Education Press.

Moon, R. 1998. Fixed expressions and idioms in English: A corpus-based approach[M]. Oxford: Clarendon Press.

Nattinger, J. and DeCarrico, J. 2000. Lexical phrases and language teaching[M]. Shanghai: Shanghai Foreign Language Education Press.

原文刊載於《湖北社會科學》2004 年第 9 期，第 90-92 頁。

「好」的意義和用法

壹、引言

　　「好」是一個普通的詞，但意義和用法卻十分複雜。常作為形容詞修飾名詞，如「好人、好專業」。或者作為副詞修飾形容詞或形容詞短語，如「好寂寞、好不容易」等。「好」還可以起連接作用，如在例 1 中用來表示「帶傘」和「用」這兩個行為之間的關係。或者用來表示不同的交際者話語之間的關係。例 2 中出現了幾個「好」，它們的功能很不相同。

　　(1) 別忘了帶傘，下雨好用。

（《現代漢語八百詞》，p.227）

　　(2) 我聽出來是誰，沉默了一會兒，還是問的那句話：「有事嗎？」
　　　　「沒事，想跟你說說話。」
　　　　「……這麼晚了，你還沒睡？」
　　　　「剛演出回來，洗完澡，睡不著。」
　　　　「睡去吧，明天還要工作。」
　　　　「好吧……」
　　　　「沒事，來我家玩吧。」

「好。」

「我天天在家。」

「好。」

我已經流了會兒淚，使勁把它們擦去：「喂，你還在嗎？」

「嗯。」

「……咱們見面再說吧。」

「好，那再見。」

「再見。」

（王朔《浮出海面》）

　　對這樣意義和功能複雜多變的語言單位進行分析和描寫，是一件困難的工作。研究者在這方面已經進行了一些有益的探索。例如，系統功能語法學派認為，語言具有三種宏觀功能，即概念功能、交際功能、語篇功能。每一個語言單位同時具有這三種語義潛勢，但在具體的使用中可能突出某一方面的功能。因此，一個語言單位對於語篇連貫所起的作用是不同的，並且在不同的語篇層面上發揮作用。Kroon（1995，1998）在分析拉丁語的語篇標記（discourse marker）時，提出了一種分層分析方法。這種方法認為，語篇標記在三個不同的語篇層面發揮連貫作用，一是表現層面，相當於韓禮德的概念層面；二是表達層面，在此層面語篇標記用來標示獨白話語之間的關係；三是交互層面，語篇標記表明兩個交際者話語之間的關係，以及它們如何構成連貫的語篇。在具體分析語篇標記時，要從它們的基本意義出發，找出它們發揮作用的語篇層次，全面考察它們的語用環境，才能對它們的功能和意義有清晰而準確的認識。本文嘗試用這種方法來描寫「好」的不同意義和功能，希望能對「好」的用法做出比較統一、簡明的說明。

貳、「好」在表現層面的意義和用法

一

用作形容詞修飾名詞性成分，例如：好人、好事、好朋友等等。

二

用作副詞位於各種類型的結構之前，如：

(3a)好酒量／好一朵茉莉花
(3b)好幾個人／好多人／好些人／好一會兒
(3c)好標致／好漂亮／好細／好狠毒／好饞／好黑／好不容易
(3d)好想跟她親近／好有意思／好逗人喜愛

值得指出的是，「好」修飾的成分並不一定是積極的，也有消極的，如好黑、好狠毒、好饞之類。可見，「好」只是一個強調詞（intensifier），表達的只是「好」後面的詞語對所描寫狀態的適切性，並不表示使用者對「好」後面的詞語所描寫狀態本身的積極評價。

參、「好」在交互層面的意義和用法

一

作為一個話輪或者反饋項目，表示誇獎和贊同。例如：

(4) 小劉麻子：業務方面包括：買賣部、轉運部、訓練部、供應
　　　　　　部，四大部。誰買姑娘，還是誰賣姑娘；由上海
　　　　　　調運到天津，還是由漢口調運到重慶；訓練吉普
　　　　　　女郎，還是訓練女招待；是供應美國軍隊，還是
　　　　　　各級官員，都由公司統一承辦，保證人人滿意。
　　　　　　你看怎樣？

　　小唐鐵嘴：太好！太好！在道理上，這合乎統制一切的原
　　　　　　則。在實際上，這首先能滿足美國兵的需要，對
　　　　　　國家有利！

　　　　　　　　　　　　　　　　　　　（老舍《茶館》）

(5) 康大力：媽，等我長大了，我幫助你打！我不知道親媽媽是
　　　　　誰，你就是我的親媽媽！

　　康順子：好！好！咱們永遠在一塊兒，我去掙錢，你去念書！
　　　　　　　　　　　　　　　　　　　（老舍《茶館》）

二

「好」也可以用作反語，表示諷刺或不滿等態度。

(6) 「如果你想瞭解長勢如何，我可以告訴你，一點不喜人。醫
　　生說，殘廢是不可避免的。」

　　「那好哇。」我說，「你對社會的危害可以少點了。」
　　　　　　　　　　　　　　　　　　（王朔《浮出海面》）

(7) 吳胖子挺身而出，不假思索脫口而出，「『五‧一』節來到了，全國人民喬裝打扮。」

「好！」旁聽席上一聲怪叫，隨即爆發大笑。

（王朔《頑主》）

三

「好」用在請求、建議之類的言語行為之後，表示答應或同意。

(8) 「我想給你留個地址。」她猶豫地問，「你要嗎？」

「好。」我找支筆，讓她寫在紙條上。

（王朔《一半是火焰，一半是海水》）

(9) 一個女人急切地說，「陳醫生叫你馬上去，八床昏迷了，問你昨天怎麼給的藥。」

「糟了，我忘了給藥。」

「你馬上去吧，陳醫生都火了。」

「好好，我馬上去。」

（王朔《過把癮就死》）

四

「好」作為對前面話輪的反應，其所包含的積極評價的意義有時會非常稀少，以至於變成了僅僅表示「知道」或者聽到了發話人的話語的反饋詞語。參看例2中「我天天在家」後的「好」。

(10) 周秀花：爸，他們走啦。

王利發：好！

（老舍《茶館》）

五

「好」作為一個反應項目，其所針對的對象不僅僅是位於前面的與之毗鄰的話輪，還包括由幾個話輪構成的序列。這時的「好」用於表達交際者對前面的言語活動的一種反應，主要表明交際者對前面言語活動的一種積極評價，不論這種態度是真正的滿意還是暫時性的接受。根據「好」前面的序列的性質以及「好」後面話語的有無和話語的性質，「好」的意義也有所不同。

（一）「好」表示積極評價或知曉

「好」用在由幾個話輪組成的言語片斷之後，表示發話人對前面交際活動的滿意或知曉。如果「好」後面的話語以前面的話語作為條件，「好」在這樣的語境中便具有了類似「那麼」的連接作用。例 11 中，齊懷遠首先詢問馬林生是否同意和她交朋友，在得知馬林生同意之後，才提出請他一起吃飯。這裏的「好」表達的是齊懷遠對「好」之前的問答活動的知曉和滿意態度，是她對已經發生的交際活動的積極評價。由於「好」後面的話語是「好」前面的一種結果，這樣的語境使「好」具有了一定的連接作用。必須指出，「好」本身表示積極評價的意義並沒有改變，這一點可以從例 12 中看得很清楚，馬林生在聽說自己的兒子的班主任已換了一個新人時，用「噢，好，那我就跟你談……」來應對。「噢」是一個表示聽說了一個新資訊時的反饋詞語，後面緊跟的「好」只能用來表示對資訊的積極評價。同時注意，「好」後面的話語用「那」來表明和前面的話語的關係。因此，「好」本身並沒有連接的作用，只是「好」前後話語的性質使「好」

具有了連接作用。正因為如此，起連接作用的「好」往往與「那」一起出現，形成「好，那……」或者「那好」之類的固定格式。

(11) 齊懷遠說著自己笑起來，「說嘛，這麼簡單的一句話這麼費事，那要有更複雜的問題讓你決定呢——是不是不同意？」她瞪起眼。

「不……不是，不是不同意。」馬林生純粹是本能地在逼問面前盲目否認。

他根本沒來得及仔細考慮呢。

「那好，這星期天還是這個時間，你帶孩子到我家來吃飯，我們再進一步談。先說好我們家沒酒，我也不喝，要喝酒你自己帶——還有事麼？」

（王朔《我是你爸爸》）

(12)「我這次來是想瞭解一下馬銳在學校的近來表現。」馬林生找了把椅子坐下，神情沉重，「怎麼，李老師不在？」

「嗯，現在我是馬銳的班主任，領導上派我去管他們那個班。」

「噢，好，那我就跟你談。我覺得馬銳這孩子近來有些表現不大對頭，出現了一些很不好的苗頭，我希望能和學校老師共同配合，找找根源，看看怎麼才能糾正過來。」

（王朔《我是你爸爸》）

（二）「好」表示有限度的滿意或暫時性的接受

「好」在下面的使用環境裏表達有限度的滿意或暫時性的接受：(1)「好」前面的言語交際對「好」的發出者來說，是一種不那

麼令人滿意的協商，如被拒絕、未被贊同等等，或者交際者願意暫時接受當前的交流結果，不願進一步繼續這一話題。(2)「好」後面的話語表示發話者暫時接受的具體內容，這些內容往往是前面的話語的重述；或者直接引入其他話題。例 13 中「她」首先提出了一個請求，遭到了「我」的拒絕。在這種情況下，「她」才說，「好吧，我不用你送了，下午幾點給我打電話？」「我不用你送了」表達的實際上是「我」堅持的立場，表明「她」接受了「我」的立場，「好吧」顯示了「她」對前面的協商並不是真正滿意，只是出於無奈才接受這種境況。後面的話語「下午幾點給我打電話？」是一個新話題。例 14 中「我」使用「好」表明，「我」暫時接受「他」對他的女朋友離開他的原因的解釋，開始轉向一個新話題。「好」的這種意義往往與「吧」相伴出現，或者用重疊「好」的辦法來轉達。但是單用一個「好」也是可以的，因為「好」的意義可以由「好」前後的話語來幫助轉達，而不是單由「好」本身決定的。

(13)「你送我嗎？」她穿好衣服，對著鏡子用皮筋紮好頭髮，回過頭來問我。

我已經有幾分煩了，還是說：「這兒的鄰居挺討厭，看見咱們倆一起出去會說閒話。」

「好吧，我不用你送了，下午幾點給我打電話？」

「睡起來就打。」

（王朔《一半是火焰，一半是海水》）

(14) 我問他：「你呢？有沒有女朋友？」

「大學時有過，一畢業就吹了。」

「為什麼？」

「因為現實的原因。」

「什麼叫現實的原因？」

「她分到別的城市了，就是這樣。」

「真正的愛情不會因為世俗的原因破裂。」

「那是理想中的愛情，現實中寥若辰星。」

「好吧，那麼你為什麼要考托福出國？是對愛情失望嗎？」

「不是，只是我想出國。」

「為什麼？」

他歎了口氣，「你還小，不明白的。」

（取自網路小說）

（三）「好」表示結束

　　「好」作為對前面交際活動的評價，自然標誌著前面話語序列的結束。所以在「好」的上述兩者用法中，「好」也具有標誌一個話語序列結束的作用。在例 14 中，在「好吧」之前，「我」和「他」談論的是「他」的女朋友以及後來的分手，兩個人在分手的原因上存在不同的看法。「我」用「好吧」表示「我」不願再進一步爭論這個問題，想暫時結束這個話題，而轉向另外一個話題。並且，「好」的使用，還標誌著包含著前面話語的較大序列的結束。例 13 中，「好，我不用你送了」是整個請求——拒絕序列的結束話輪。「好」表示結束，常常跟一些表示結束的固定表達一起使用，如「好，今天就到此為止」，「好，我們就講到這裏」，「好，我們不再爭了」等等。「好」與這類話語連用，明確地結束了前面的交際活動，如例 15 所示。

　　(15)她放下酒杯深深歎氣。眼睛亮晶晶地望著我笑：「自己瞎折騰，把你這麼個好人白白趕上山了。」

「哪裏，我哪裏算得上好人，你這話真讓我慚愧。我無禮的時候比你多，大部分的時候是我無禮。其實很多時候我當場就感覺到了，就是轉不過來。」

「好啦，我們不必互相檢討了。來，幹一杯，希望你再找別找我這麼厲害的。」

（王朔《過把癮就死》）

肆、「好」在表達層面的意義和用法

「好」可以起到連接的作用，但它所表達的關係是不同的。

一

連接兩個小句，表示目的。這一用法是從「好」的形容詞屬性發展來的。「好」作為形容詞可以表示「便利、有利於」等意義。當一個行為對另一行為有利時，通常可以把後者看作前者的一個目的。「好」逐漸變成了表達手段和目的關係的連接詞。例如：

(16)「給我留個電話行嗎？」她說，「閒得沒事，好給你打電話聊聊天。」

(17)開幕式的下午，全市都放了假，好讓大家從容地坐在自己家裏分享、參與這一時刻到來的喜悅和快樂。

二

連接一個發話人的兩部分話語，相當於「那麼」。我們在上文的分析表明，「好」的這種連接作用是「好」出現於特定的語境時交互意義引發的附帶作用。當「好」用於獨白話語時，「好」便可以起到連接說話人自己的話語的作用。請看下例：

(18)「那你挨打是活該。」警官說，「看球你們就好好看吧，瞎起什麼哄？往台下扔瓶子了嗎？」

「扔了一個。」我說。

「你們扔了嗎？」他問那些大學生。

「扔了一個。」

「都扔了一個？好，都罰款。一個瓶子十塊錢。」

（王朔《一半是火焰，一半是海水》）

「好」前面的話「都扔了一個」雖然使用了問號，並不表示發話人的疑惑，而只是用疑問的形式來表達發話人的肯定，其作用相當於一個肯定的陳述句。「好」表達了發話人對這一結果的知曉和滿意，「好」後面的話語是這一情況的後果，「好」此時具有連接這兩個語句的作用。

三

我們在參、五、（二）的分析說明，「好」後面的語句往往引述前面言語交際的結果或者說某一交際者的立場，發話人用「好」來

表示有限度的滿意和暫時性的接受，這使得「好」具有了標示讓步或者條件語句的可能。在真正的交互性話語中，「好」後面的讓步小句引述另一交際者的立場，如例 19 中的「你不樂意」。但在例 20 中，「好」後面的讓步小句引述的只是發話人的合理推斷。發話人甚至可以在未與另一交際者交流的情況下或者根本不存在其他交際者的情況下，用「好」來引述他人的立場，把他人的思想組織進自己的話語。如例 21 中的「我勢力小，幹不過他們」。因此，獨白話語中的「好」所起的作用不僅是引導讓步或者條件從句，更重要的是引入實際存在或者假想的另一交際者的思想，使獨白性作品具有一定程度的對話性。

(19)「我怎麼沒有個人生活？我每天上班下班，吃飯睡覺，那是幹嘛呢？那不是在生活難道是遊魂？」

「我指的是下班後，唉──看來你真是沒聽懂。」

「我怎麼沒懂？我完全懂了，你是嫌我老跟你們這樣小孩一起玩，丟你的人了。」

「你不覺得大人應該有和小孩完全不同的、更高雅的興趣，應該更多地和其他大人消磨時光……」

「我怎麼不高雅了？我不過是想多體驗體驗童心……好，既然你不樂意，我今後也再不會找你們玩了。你以為我當真沒其他事好幹！」

（王朔《我是你爸爸》）

(20)「您覺得老這麼著有勁麼？」馬銳猛然發問。

「怎麼啦，我怎麼啦？」

「你說你怎麼啦，怎麼啦你不知道？」

「噢，嫌我當著全院人誇多你了？好好，你要難為情，以後我不當人面誇你了。」

（王朔《我是你爸爸》）

(21)拆了！我四十年的心血啊，拆了！別人不知道，王掌櫃你知道：我從二十多歲起，就主張實業救國。到而今……搶去我的工廠，好，我的勢力小，幹不過他們！可倒好好地辦哪，那是富國裕民的事業呀！結果，拆了，機器都當碎銅爛鐵賣了！全世界，全世界找得到這樣的政府找不到，我問你！

（老舍《茶館》）

伍、結語

根據上面的分析，我們對「好」的意義和用法概括如下。「好」在表現層面有兩種互相有聯繫的意義，其一為對修飾成分所表述的事態的積極評價，其二為對修飾成分本身的適切性的積極評價。當這一積極評價意義用於交互層面時，「好」可以表達聽話人對發話人話語的一致態度，因此用在提議、請求、陳述後面表示同意或贊同。由於「好」的位置以及前後話語的性質的作用，「好」附帶地具有標示順承關係和讓步關係的作用。所以「好」用於獨白話語時，可以起到一定程度的連接作用。

可以看出，「好」在各個層面的意義是以「好」表示積極評價的意義作為共同基礎的，它們的不同在於「好」發揮作用的層面不同，

以及引申程度和語法化程度的不同。例如同是表示連接關係，表示目的關係就比表示順承關係（即那麼）更自由一些。

本文的研究表明，為了準確地描述一個言語成分，區分它們對語篇連貫所起的不同作用以及發揮作用的不同層面是很重要的。本文的研究只是一個初步的描述和分析，是否準確、合理，請專家和同行賜教。另外，我們的描述是從共時角度進行的，從歷時的角度描寫「好」的各個意義的演進過程（參考袁賓 1984，1987）能夠為共時的研究提供有益的參考。

參考文獻

程琪龍編著。1994。系統功能語法導論〔M〕。汕頭：汕頭大學出版社。

呂叔湘主編。1981。現代漢語八百詞〔M〕。北京：商務印書館。

辛斌、陳騰瀾。1999。非對話性作品的對話性〔J〕。外國語（5）。

袁賓。1984。「好不」考〔J〕。中國語文，（3）。

袁賓。1987。「好不」續考〔J〕。中國語文，（2）。

袁賓。1992。近代漢語概論〔M〕。上海：上海教育出版社。

Kroon, C. 1998. A Framework for the Description of Latin Discourse Markers[J]. Journal of Pragmatics, 30(2).

Risselada, R. 1998. The discourse Functions of Sane: Latin Marker of Agreement in Description, Interaction and Concession[J]. Journal of Pragmatics, 30(2).

原文刊載於朱恒夫主編《文學文化論》，

2002 年江蘇古籍出版社，第 328-338 頁。

「是不是」問句在會話中的作用

　　本文所說的「是不是」問句指由一個陳述句以及附著在其後的「是不是」問句構成的提問方式。研究者通常把位於後面的簡短問句稱為附加疑問句，我們則把問句前面的陳述句也包括進來，簡稱為「是不是」問句。

壹、「是不是」的表義功能

　　在表義功能方面，「是不是」前面的陳述句的意義可以歸納為以下三類：

　　第一種，陳述的是關於聽話人的情況，但說話人是根據間接的證據或者觀察到的現象來做出陳述的，只能算作說話人個人的猜測。作為事件發出者的聽話人，才有資格對自己的情況做出最後的、權威的判斷。例如：

　　(1)孟小樵：你走了十年，是不是？

　　　　破風箏：一晃兒！真快！

（老舍《方珍珠》，下同）

　　這種用法還可以作為一種程序性提問，請聽話者判斷說話者對聽話者話語的理解或推斷是否正確。這時說話者對他人的話語有了

某種程度的理解，並對自己的理解有一定的把握，但仍需要聽話人即話語發出者予以證實。例如：

> (2)白花蛇：……說老實話，今天你要是不認錯兒，我已經準備
> 　　　　好了，拆你的班子！您天天跑九城，連您班裏的事
> 　　　　都不大知道了，我使點壞，您准垮臺！
> 王　力：拆朋友的台未免太厲害了吧？
> 白花蛇：別人厲害，我就厲；別人公道，我也公道！
> 王　力：別人的厲害是無意的，你也有意的去報復，是不是？
> 白花蛇：王先生，您的話才厲害呢，紮心窩子！

　　第二，陳述其他人的情況。這種陳述當然仍是個人的「一面之詞」，希望聽話人能夠支持或者證實他的想法。例如：

> (3)白花蛇：……只有她去，別人不行。她既是個角兒，玩意兒
> 　　　　又好，您說是不是？
> 破風箏：老二，咱們把事情搞清楚了……

　　例 3 中的「她」是一個不在現場的第三者，發話人所做的陳述是關於「她」的，話語的接受者是「您」，聽話人想知道「您」是否認可他的說法。但下例的情形有所不同：

> (4)丁副官：乾脆折幹兒好了！你們作藝的比我們混官面的來項
> 　　　　大的多！是不是？巡長！
> 破風箏：大家都不容易！

　　丁副官為了敲詐破風箏，提出了一個理由，「你們作藝的比我們混官面的來項大的多」。按說這是一個關於直接聽話者破風箏的陳

述，應由破風箏本人做出接受或者拒絕的表示。但是丁副官卻把「是不是」的接受者指向了另一個也是來敲詐的聽話者——巡長，尋求他的支持。對於巡長來說，破風箏的情況是他人的情況，與事件的主體破風箏相比，他處於相對較弱的資訊擁有地位。但丁副官並不在乎這些，他所需要的只是有人支持他的觀點，他的理由顯得能夠站得住腳，從而使破風箏無法拒絕。

第三，陳述發話人自己的情況。一般說來，發話人對自己的情況應該最具有發言權，完全可以以十分肯定的口氣作出陳述。發話者在這裏把話語指向另一個在場的聽話人，希望他能夠證實自己所說的是真實的。這個能夠證實發話人話語的人往往是發話人的朋友或者具有親密關係的人，至少發話人相信他與自己的立場或者目的相同。例如：

(5)破風箏：老爺子您還這麼硬朗！

　　孟小樵：去年冬天差點吹了燈，這一開春，我算又活了。是不是？三元？

　　向三元：喳！

雖然陳述部分往往用「你」「他／她（們）」「我（們）」等等詞語來表明所陳述的情況是關於誰的，單單依賴這些詞語並不能判定這些陳述的性質，通常需要依靠全句的意義才能做出正確的判斷。例如：

(6)破風箏：往哪兒躲？我不動，我在這兒等著八路軍！……我這輩子招過誰，惹過誰？我的心眼哪點不好？他媽的到而今教我混成這個樣！

> 方太太：你糊塗！當初要是肯把珠子給了李將軍⋯⋯
>
> 方珍珠：（立起要走）媽！
>
> 方太太：別動！我的話不入耳是不是！你要是有人心的，就
> 早該替我們想想！

　　方太太的話是以「我的話」作為陳述對象的，表面上看是表達發話者對自己「話」的看法，實際上，一個人的話入耳不入耳主要是聽話人的感受，所以方太太的話應該理解為「我的話不入你耳」，或者「你覺得我的話難聽」。雖然句中出現了「我」，發話者要求聽話人證實的依然是對聽話人情況的陳述，而不是對發話人情況的陳述。

　　綜上所述，「是不是」前面的部分所陳述的內容可以是多種多樣的，「是不是」問句的意義也隨之有所變化。如果陳述的是聽話人的情況，雖然發話人有一定的根據作出那樣的陳述，只有聽話人才最有資格對自己的情況作出確定的判斷，這時的問句是含有一定的疑問內涵的。聽話人可以同意發話人的陳述，也可以否定它。如果陳述的是第三者的情況或者發話人自己的情況，那麼他的目的主要不是詢問聽話人是否同意他的陳述，而是要求聽話人從旁證實他的陳述。根據上面所分析的幾種用法，我們把「是不是」問句的抽象意義描述為：

　　發話人做出陳述，然後詢問附加疑問句的指向者是否同意。由於發話人作出那樣的陳述是有一定的根據和理由的，他期待附加疑問句的指向者同意。通過這一過程，發話人所作的陳述就變成了發話者和附加疑問句的指向者所共同認可的陳述。

貳、「是不是」問句的禮貌意義

根據語義學的原理，提問者向他人提出一個問題，總是意味著回答問題的人比自己擁有更多的資訊，或者更準確的資訊，因此比自己處在更高的權勢地位。在「是不是」問句中，發話人就自己所作的一個陳述，徵求聽話人的認可，把自己放在比聽話人低下的地位，用以表示對聽話人的尊重。發話人通過表現出對自己所擁有的信息的不十分肯定，並請求聽話人對他所擁有的資訊加以證實來顯示對聽話人的尊重。從這種意義上說，「是不是」問句是一種聽話人取向的禮貌手段。

「是不是」問句的禮貌意義還表現在，當有兩個以上的聽話人在場時，發話人用「是不是」問句來轉移話語指向者，使在場的第三者得以參與正在進行的交談。發話人通過這種方法來表示自己並沒有忽視第三者的存在，並且很看重他的意見。發話者通過第三者對自己陳述的證實，證明了自己的陳述的可信性，向聽話者顯示他在盡最大努力遵守會話的合作原則，即提供可信的資訊。因此，「是不是」問句的禮貌意義在多人參加的會話中顯示得更充分，例如：

(7) 破風箏：你呢？

孟小樵：我完不了！向三元也完不了。以前，他在偵緝隊
裏，後來他當特務，日本人在這兒的時候他當特
務，國民黨回來他還是特務；以後，共產黨來到，
他說不定還要再升一步呢！是不是？三元！

向三元：喳！

參、「是不是」問句的連貫意義

　　由於「是不是」問句對聽話人來說是一種發問甚至請求，它的第一個連貫作用便是吸引聽話者的注意，使他參與到當前的談話中。並且，按照一般情況，聽話者需要作出發話人希望的回應，即完成提問／請求的第二部分。對「是不是」問句而言，通常是肯定的回應。有時候發話者對自己的陳述是那樣有把握，把聽話人認可自己的陳述視為理所當然，所以並不等聽話人作出明顯的言語反應，就繼續自己的話輪。即使是這樣，聽話人或第三者也可以在「是不是」結束處發出非言語的回應，或者自我選擇成為下一個發話者。這是因為「是不是」是一個話輪可能結束的地方，聽話人在這個地方插入並不算搶話。

　　「是不是」問句的另一種連貫作用是把第三者引入交談。由於提問具有要求回應的特徵，向某人提出問題就等於把注意力轉移到了他身上，他也就不可避免地被吸引到當前的談話中。所以，「是不是」問句除了表示對聽話人的尊重，還具有話輪分配方面的作用。它可以表示發話人即將放棄自己的話輪，同時選擇下一個發話人作出相應的回應。發話人還可以用這種方法把交際現場的另一個聽話人引入當前的交談。

　　　原文刊載於《語文建設》2000 年第 10 期，第 37-38 頁。

「可不是」的功能

壹、引言

「可不是」是口語中常用的一個習慣用語，對於它的用法，《現代漢語八百詞》（2002：334）是這樣描述的：

可不是嗎　可不是　可不　　表示同意對方的話。

咱們該去看看老趙了——可不是嗎（可不是、可不），好久沒去了。

如果僅僅考慮《現代漢語八百詞》所舉的例子，這種描述也沒有什麼不對。但是如果考慮到其他的例子，就會發現這種解釋很難成立。試看下面的例子：

(1)〔老舍《茶館》〕

王掌櫃：（過來）常四爺，您是積德行好，賞給她們面吃！可是，我告訴您：這路事兒不算稀奇，多半是假裝的，到處騙吃騙喝！

松二爺：假裝的？騙吃騙喝？

王掌櫃：可不是！我們在街面上的人，不能因為心眼軟，受人家欺哄！

常四爺：李三，算賬！王掌櫃，從此我不再到這兒來喝茶！
王掌櫃：四爺！四爺！

很明顯，這裏對方是「松二爺」，他的話「假裝的？騙吃騙喝」是用來表示對王掌櫃話語的懷疑和不滿，王掌櫃用「可不是」來回答，絕對不是表示贊同松二爺的懷疑或不滿，而是再次肯定自己前面說過的話，用來說服松二爺和常四爺相信他的話，不要濫施善心。

此外，「可不是」還可以用在連貫話語中，而不是對話中。這時也很難用「贊同」說來解釋。例如：

(2)〔中央電視臺新聞頻道節目[1]〕

齊大媽的孫子現在已經 10 歲了，就在他 3 歲的時候，有一天他到陽臺上玩，突然像發現新大陸般叫到：「奶奶，奶奶，你看我有多大力氣，能將牆捅一個洞！」齊大媽聞聲趕來一看，可不是嗎，陽臺的護欄上真的被孫子捅了個窟窿。

《現代漢語八百詞》是側重研究虛詞的著作，對所謂的慣用語只是點到為止，它所提出的「可不是」用來表示「同意對方的話」這樣一個結論，估計是針對「可不是」在某種語境中的意義和功能。這說明，對這一口語中常用的短語，仍有必要進行深入和全面的研究。限於篇幅，本文只討論「可不是」在對話中的意義和用法，對它在獨白話語中的作用留待以後研究。

---

[1] 取自中央電視臺節目 2004 年 3 月 16 日播出的《今日說法》，文字稿來自 http://www.cctv.com/news/society/20040316/101482.shtml。

貳、「可不是」的意義和用法

在對話中「可不是」主要用在下面兩種語境之中。

一、「可不是」用在三個話輪的序列中

在發話人做出一個陳述之後，聽話人對它的回應是懷疑和否定，發話人用「可不是」來回應聽話人的懷疑和否定，形成一個三個話輪的序列。此時，「可不是」絕對不是用來表示同意聽話人的懷疑或否定，而是再次肯定自己前面發出的陳述，用來打消或消除聽話人的懷疑，讓聽話人接受自己已經發出的陳述。我們知道，「可不是」是一種反問形式，是用一種強調或加強的方式來陳述某一命題，這種形式用在聽話人的懷疑或否定話語之後，正是為了對聽話人的懷疑或否定進行否定。在會話分析中，由於話輪往往會被插入序列打斷，因此話輪並不是描述會話結構的最佳單位，會話分析學者往往用「位置」來描述話語序列的構成。按照這種慣例，我們可以把「可不是」出現的第一種語境抽象為如下的模式：

位置 1：（發話人 A）P

位置 2：（聽話人 B）P？

位置 3：（發話人 A）可不是

值得指出的是，聽話人在位置 2 表示懷疑，往往採用回聲問的方式，即從發話人話語中選取主要的資訊，加上疑問語氣。還有一種方式是採用「真的嗎」等固定結構來表示疑慮和懷疑，如：

(3)〔http://www.ruoyu.net/Html/book/183/7092〕

　　「聽說了嗎？這次外星人來是要攻打地球了，那艘飛船有月球那麼大，上面估計裝著幾億的部隊哪！」「真的嗎？」「可不是嗎，我隔壁的張三已經在自己的房子後邊挖防空洞了。」

　　位置 3 上的「可不是」可以看作是一種省略的形式，它的完整意義只有回溯到位置 1 中的話語方能確定，因此發話人在位置 3 所表達的內容可以粗略地概括為：確實是 P/肯定是 P/ P 是確定無疑的，等等。發話人用「可不是」來表示對命題 P 的確信和肯定態度。就位置 3 的話輪本身而言，「可不是」可以單獨佔據一個話輪。如果在「可不是」之後出現其他的語句，「可不是」往往出現在話輪的開端位置，之後的語句往往是一些解釋、說明性的話語，用來證明命題 P 的正確性；或者類似一個補救程序完成之後，發話人回到並繼續自己在位置 1 的話題。例如：

(4)〔老舍《大地龍蛇》〕

　趙素淵：我還沒說完呢！學生們參加遊行，我可請了假；怕我不上這裏來，大哥不高興！至於你管這叫奇裝異服，純粹是因為你落伍了！

　趙興邦：多麼奇怪！我會落伍了？

　趙素淵：可不，現在天下太平了，我們就今天穿日本裝，明天換印度裝，後天也許再換安南裝。能欣賞別人的東西與辦法，才能減少成見；沒有了成見，才能共用太平！

　趙興邦：原來如此！你的和平建設在衣服鞋帽上？

(5)〔老舍《秦氏三兄弟》〕

　　顧師孟：唉！你的性子是真硬啊！我說，快八月節了……

　　秦伯仁：又快到中秋了？

　　顧師孟：可不是嗎？咱們怎麼過節呀？

　　秦伯仁：我顧不得過節！

　　從歷時的角度來看，「可不是」是逐漸獨立而單獨使用的，因為在有些例子中，「可不是」仍舊結合在表達命題 P 的語句中的，請看下例：

(6)〔老舍《茶館》〕

　　小二德子：……（掏出四塊現洋，一塊一塊地放下）給我算算，剛才花了一塊，這兒還有四塊，五毛打一個，我一共打了幾個？

　　王　大　栓：十個。

　　小二德子：（用手指算）對！前天四個，昨天六個，可不是十個！大栓哥，你拿兩塊吧！沒錢，我白喝你的茶；有錢，就給你！你拿吧……

二、「可不是」用在兩個話輪的序列中

　　「可不是」還可以用在兩個話輪組成的相鄰對子之中，用來表示兩個話輪之間的一致關係。第一個話輪可能是一個陳述、一個建議、一個疑問等等，聽話人使用「可不是」來回答，一方面表示聽話人對自己答話的確信和肯定，同時也表示聽話人的回應是一致性的、合意的。

(7)〔李傑明、李傑群，2000：212〕

　A：你這份工作挺不容易的！

　B：可不是嗎！

(8)〔呂叔湘，2002：334〕

咱們該去看看老趙了──可不是嗎（可不是、可不），好久沒去了。

(9)〔老舍《龍》〕

　趙老：就剩您一個人啦？

　大媽：可不是，都出去了。您今天沒有活兒呀？

　趙老：西邊的新廁所昨兒交工，今天沒事……

(10)〔老舍《方珍珠》〕

　白花蛇：哼，說著容易！金喜她媽說了，她要找你媽去，一齊跟咱們幹！你連自己的媽還不敢惹，說什麼鬥爭別人的媽？

　方珍珠：二叔，別那麼說，我媽近來可對我不錯！

　破風箏：可不是，她近來有點進步。

(11)〔老舍《春華秋實》〕

　周廷煥：昨兒晚上，姜二加夜班，正往爐子裏續碎鐵哪，鐵水爆起來，把眼睛碰了！

　梁師傅：碎鐵，碎鐵，又是碎鐵！碎鐵裏什麼亂七八糟的東西都有，事前也沒挑一挑？

　周廷煥：可不是，馬師傅淨想買經理的好，不讓挑，一個勁的窮催：「快著，快著！」

我們可以把「可不是」出現的第二種語境抽象為如下的模式：

位置1：（發話人A）P

位置2：（發話人B）可不是

可以看出，無論是針對一個陳述、建議或者疑問，實際上都是聽話人針對一個命題在表明自己的態度。因此發話人的語句可以是一個陳述句、可以是一個信大於疑的問句、可以是一個請求，但並不能由完全沒有傾向性的特指問、是非問、選擇問充當。在會話活動中，聽話人使用「可不是」對發話人的言語進行回應，不僅是對發話人的話語本身做出回應，同時還表明了自己跟發話人高度一致的關係。因此，在會話活動中「可不是」常常用來表示對他人的欣賞、認同、贊成等等，這種關係在會話分析中統稱為一致關係。同時，在相鄰對子中，不僅聽話人可以使用特定的語言手段來表示一致關係，作為發話人也可以影響到聽話人的回應。發話人可以對自己的話語進行設計，使聽話人容易做出一致性的回應。例如發話人往往利用所謂的AB類資訊或B類資訊來陳述或發問，以便聽話人做出肯定的回應。

(12)〔老舍《秦氏三兄弟》〕

　　秦趙氏：（帶感情地）喲！大嫂！一晃兒十幾年啦！（接
　　　　　　過禮物，放在一旁）

　　顧師孟：（也激動地）可不是嗎！二妹妹！喝（看屋中）
　　　　　　咱們家改了樣啦！

　　秦趙氏：誰說不是！大嫂你也變了樣，可是更漂亮啦！

　　顧師孟：（得意地）唉！走南闖北的，總算是開了眼！有
　　　　　　錢呢就花，沒錢呢就忍著，凡事不往心裏去！

參、「可不是」與「就是」的比較

在前文我們描述了「可不是」出現的兩種語境，並指出它主要用來表示確信和肯定的意義。但是在會話中表達發話人確信和肯定態度的方式其實還有幾個，如「就是」、「哪還有說」等等。它們與「可不是」之間有什麼異同呢？在本節裏，我們以「就是」為例，進一步探尋「可不是」的特點。

仔細分析前面的例子，我們發現，發話人使用「可不是」來回應，雖然表達的是發話人的確信和肯定態度，但是這種肯定態度的證據來源往往出自自身的觀察、經驗或者信仰，帶有濃厚的自證色彩。或者說，發話人之所以能這樣相信某個命題，是因為他本人擁有充分的證據來支持他這樣相信。從資訊可接觸性[2]的角度來看，發話人往往是 A 類資訊或者 AB 類資訊的擁有者，因此他才最有資格對它們做出的肯定陳述。在使用「可不是」的語境中雖然某個命題是由他人首先提出的，「可不是」的使用者從自己的角度對這個命題加以確證，從而達到交際者對某個命題的一致態度。我們試看例7，講話人 A 提出一個命題「你這份工作挺不容易的」，這個命題是關於聽話人（你）的，B 使用「可不是」來回答，是因為對這項工作的難度他才最有發言權。回到論文開頭的例子（又見例8），聽話人使用「可不是」來回答，是因為他從自己的角度認為這個建議是

---

[2]　參考拉波夫等對 A 事件、B 事件、AB 事件的區分。A 事件是 A 瞭解而 B 不瞭解的事件，B 事件是 B 瞭解而 A 不瞭解的事件，AB 事件則是雙方共知的事件。

可取的，因為他們很久沒有去看老趙了，這個理由是他認為重要或者可以作為證據的。相反，在發話人提出一個命題之後，聽話人如果使用「就是」來回應，它更多地只是表明聽話人贊同他人的命題，並沒有從自己的角度來論證、肯定這一個命題。因此，交際者使用「就是」雖然也跟「可不是」一樣，用來表達贊同他人的意見等，也具有一定程度的強調色彩，但是卻往往只是附和有時甚至是敷衍發話人（參看例 13）。可以看出，交際者認知狀態[3]的不同是他們選擇使用不同的表達方式的主要原因。

(13) 〔老舍《四世同堂》第 57 章〕

白巡長很怕李老人又頂上來，趕快的說：「管它造什麼呢，反正咱們得交差！」「就是！就是！」曉荷連連點頭，覺得白巡長深識大體。

肆、結語

通過上面簡單的分析和討論，我們認為，口語慣用語「可不是」並不是僅僅用來表示「同意對方的話」。概括地說，在會話中，除了用在相鄰對子中作為第二部分表示一致關係以外；還可以用在三個話輪的序列中，用以再次肯定發話人的命題，用來說服聽話人或打消聽話人的疑慮。從來源上看，「可不是」本身是利用雙重否定的形式來肯定或強調一個命題，逐漸成為一個慣用語表示確信和肯定，

---

[3] 屈承熹（2006：91）指出：「說話人的假設」很可能當作漢語形態句法——篇章的主要範疇來研究，並提高到成為「對漢語篇章真正進行全面解釋的基礎」。我們所用的交際者的認知狀態與屈承熹的「說話人的假設」相近。

這種確信態度往往由來自發話人自身的證據作支撐。同時，我們認為，它的意義和用法只有聯繫它使用的語境（指較小的話語序列）才能做出較準確的說明。

　　本文是我們借鑒會話分析的方式對漢語中口語慣用語進行的一項初步分析。在口語中還有許多這樣的結構，如「就是、誰說不是呢、是啊、那還用說、那當然啦」等等，聯繫它們在口語中的語境對它們進行細緻而深入的描寫，不僅對於口語研究具有重要的意義，對於口語教學（如對外漢語教學）也會很有幫助。

參考文獻

李傑明、李傑群編著。2000。漢語流行口語〔M〕。北京：華語教學出版社。

劉堅、江藍生、白維國、曹廣順。1992。近代漢語虛詞研究〔M〕。北京：語文出版社。

呂叔湘主編。2002。現代漢語八百詞（增訂本）〔M〕。北京：商務印書館。

屈承熹著，潘文國等譯。2006。漢語篇章語法〔M〕。北京：北京語言大學出版社。

Labov, William & David Fanshel. 1977. Therapeutic Discourse[M]. New York: Academic Press.

原文刊載於櫻美林大學學報《日中言語文化》2009 年第 7 期，第 43-51 頁。

「也是」的話語功能

壹、引言

　　副詞「也」跟「是」連用，可以是自由組合，如在例 1、例 2 中那樣。但也可能是一種相對凝固的組合，如例 3、例 4 中那樣。「『也』的基本作用是表示類同」（陸儉明、馬真，1985：25），在例 1、例 2 中「也」的基本意義看得非常清楚；但在例 3、例 4 中，「也」後面的動詞「是」的意義很不清晰，同時「也」本身的意義也很難捉摸。另外，「也是」常跟一些特定的詞語一起使用，如「（那）倒」、「你」等，形成「倒也是」、「你也是」這樣的詞彙短語。這些相對凝固的片語往往出現在特定的話語序列中，發揮特殊的話語功能。

(1) 原來，司馬遷的祖上好幾輩都擔任史官，父親司馬談也是漢朝的太史令。

(2) 爸爸是過敏性皮膚，你也是。

(3) 隨後又若有所思地說：倒也是。

(4) 又衝著爸爸嘮叨起來：「你也是，他才多大，你就跟他胡扯這些個沒用的題目……」

貳、「倒也是」用於接納肯定他人的意見

「也」跟「是」自由組合時，「是」是聯繫動詞，用來表示判斷，可以用來表示對他人話語的評價。例 5 中胡雪岩用「這也是實話」來表示他對前一個發話人（尤五）意見的看法。「這也是實話」是一個普通的判斷句，可以按照通常的語法分析方法進行分析。

(5) 古應春專程到松江去了一趟，將尤五邀了來，當面商談。但胡雪岩只有一句話：事情要做得隱秘，他完全退居幕後，避免不必要的紛擾。

「若要人不知，除非己莫為。」尤五的話很坦率：「不過，場面擺出來以後，生米煮成熟飯，就人家曉得了，也不要緊。」

「這也是實話，不過到時候，總讓我有句話能推託才好。」

「小爺叔你不認帳，人家有什麼辦法？」七姑奶奶說道：「到時候，你到京裏去一趟，索性連耳根都清淨了。」「對，對！」胡雪岩連連點頭，「到時候我避開好了。」

（高陽《紅頂商人》）

也許由於常常用在類似的語境中，交際者最終選擇了最簡短的形式「也是」來表達對前面發話人的話語進行肯定的評價。因此可以說，「也是」是由於語境省略造成的相對凝固的詞語組合。說它們是凝固的詞語組合是因為它們的意義並不能通過「也」和「是」的簡單相加得出，它們獲得了一個整體意義。

(6)「喜劇就得有諷刺，咱寫的又是當代題材的系列劇，不觸及
社會生活中的熱點問題吧，觀眾不愛看，說深了吧，不定那
句話捅了漏子。」「也是，咱們弄的不是連續劇，沒有人物
命運勾著觀眾，全靠對話上有彩兒，句句得說到群眾心裏去
還得站在党的這邊兒。」（常玉鍾，也是之例 3）

(7)「方林，我看摩托車有市場，特區人有的是錢呀。」方林想
了一下：「也是的，我的朋友都想要。」（常玉鍾，也是之
例 4）

我們知道，在口語中單用「是」或者「對」就可以表達對他人
意見的贊同或同意，如例 8 中所顯示的那樣，那麼「是」與「也是」
有什麼區別呢？或者說，「也是」中的「也」到底起什麼作用呢？關
於「也」的意義和用法，呂叔湘（1996：522-524）主編的《現代漢
語八百詞》歸納了四種主要用法：

1. 表示兩事相同。如：你去北京參觀訪問，我們也去北京參觀
訪問。

2. 表示無論假設成立與否，後果都相同。如：你不說我也知道。

3. 表示「甚至」。加強語氣，前面隱含「連」字。如：他頭也不
抬，專心學習。

4. 表示委婉的語氣。去掉「也」字，語氣就顯得直率，甚至生
硬。如：音量也就是這樣了，不能再大了。／我看也只好如
此了。／也難怪她不高興，你也太不客氣了。

用上述四種意義來解釋用來表達肯定評價的「也是」都很難說
通。前三種明顯不合適，第四種意義也難以令人信服。首先，這裏
的委婉一詞用得有些含糊；其次贊同他人的意見似乎並不需要採用
委婉的方式。

(8) 栗晚成：看……看事行事吧！楊同志，對你個人……

　　楊柱國：說吧！說我的缺點！咱們倆都是老幹部了！

　　栗晚成：好，說缺點！我看出這麼一點來：大家對你尊重的
　　　　　　還不夠！

　　楊柱國：是！你說對了！我做事太心急，往往沒有全面考慮
　　　　　　周到就發表意見，定出辦法。結果呢，事情往往辦
　　　　　　不通，損害了自己的威信……

　　　　　　　　　　　　　　　　　　（老舍《西望長安》）

　　屈承熹（2006：84）認為，「也」表示「與某種假設相反的主觀意見」。我們覺得，用這種觀點來解釋「也是」中「也」的意義更合理一些。與單純使用「是」相比，「也」添加了如下的意義：雖然前面發話人的觀點（與某種假設相反），表面看起來不可接受，但實際上卻同樣正確、可信。連帶地「也是」傳達出說話人確信的態度，具有一定程度的強調效果。

　　「也是」往往跟「倒」一起使用，形成「倒也是」這樣固定的表達方式。有時單獨使用，有時用「這」、「這話」等詞語作為小句的主語。「倒也是」小句佔據整個話輪的開始位置。「倒也是」出現的一個典型語境是討論問題時表達對他人觀點或者意見的評價。這時會話活動往往呈現出三成分的序列結構，發話人 A 發表一種看法或觀點，聽話人 B 對此提出不同的意見，發話人 A 對 B 的意見表示肯定和接納。在這種語境中，「也」的意義具體體現為，雖然 A 覺得 B 的意見與自己的觀點相反或對立，但仍然加以肯定和接納。對於該詞彙短語中「倒」的作用，我們認為，一方面，「倒」的作用與「也」有部分重合。「倒」的基本意義是表示「實際與預期不同」（周

紅，2006：3），這一點與「也」的作用相融合。常玉鍾（1993：220）
認為，「倒也是」表示「同意對方的想法、見解；此想法常是說話人
原來未曾想到，未曾明確意識到的」。實際上是該想法與說話人原來
的想法或者假設存在某種程度的對立。另一方面，「倒」可以表示「有
保留的贊同、肯定等」（吳中偉、傅傳風，2005：73）。屈承熹（2006：
85）把「倒」的篇章功能概括為「認為『假設與事實相反』，而該事
實是合意的」，這一觀點用於解釋此詞彙短語中「倒」的作用是合適
的，但是否所有的「倒」都具有這種功能恐怕還需要研究。

(9)「我們是化工廠，沒有你願意幹的好工種。」「你們化工廠
也有好處，成本低，賺錢多，工人的獎金發得多。」「這倒
也是。那就跟你爸爸說一聲唄。」（常玉鍾，也是之例8）

(10)他將他的意思告訴了給古應春，又說：「我看就此推掉為
妙。你跟他說，馬上要用，要現貨，沒有現貨就免談了。」
「這話他不會相認的。」古應春說：「小爺叔在左大人面
前講話的分量，他不是不知道，哪一次買軍火都是先送樣
品，看中意了再下定單，如今說全部都要現貨，不是明明
為難他？」「這話倒也是。」

（高陽《紅頂商人》）

參、「也是」表示批評

「也是」跟人稱代詞使用，可以用來表示批評。沈建華（2003：
27-28）提到，「【某人】+也是：批評、埋怨某人，只用於口語。」

其後附加的英文解釋說：這種格式只出現在會話中，表示說話人批評其他人（出於前面已經提到的原因）[1]。觀察沈建華列舉的例子，我們發現，說話人批評發話人並不是出於前面提到的原因，而是出於其他的原因。「也是」只是表示前者和後者都應該得到批評，並不一定出於同樣的原因。也就是說，前面的話語只是預示後面話語的性質，而不能具體告訴聽話人話語的內容。這裏的「也」仍舊表示「類同」，表示二者都應該得到批評或責備。人稱／指人名詞+「也是」表明，人稱代詞／指人名詞所指的對象也有值得批評的地方，在它的後面往往會出現具體的理由。人稱／指人名詞+「也是」格式用於表示批評和責備是上下文的語境賦予的，離開這個語境這一格式可能具有多種含義。如例 2 中的「你也是」僅僅表示「類同」，並不能用來表示批評。

(11)大伯搶下爸爸手中的棍子，罵爸爸太狠心，轉過身來對我說：「大軍，你也是，幹什麼不好，幹嗎跟人打架呀。」（沈例 1）

(12)你們不該這麼說老張，不過，老張也是，提前打個招呼不就沒這事了嗎？（沈例 3）

但有時，人稱代詞／指人名詞+「也是」不是用在對照的語境下，單獨使用也可以用來表示批評。例 13 中，楊師爺提出自己的建議，早一點打官司。悟心認為他的建議並不高明，因為時間不對，大家沒有時間打官司。悟心用「你也是」來開始自己的話語，後面的語句說明了批評責怪他的原因。一方面，這裏的「你也是」前面並沒

---

[1]　It is only used in conversation, indicating the speaker blames somebody (for the same reasons already mentioned).

有出現表示類同的其他語句。另一方面，前面的發話人楊師爺的話語也並沒有批評什麼人，所以這裏的「也」無法分析為表示「類同」。我們認為，這裏的「也」的意義與「倒也是」中的「也」是相同的，表示與預期相反。例14中的「也是」可以理解為：我們請楊師爺你來，是希望你能幫我們出一個好主意，可你現在出的主意並不高明。

> (13)楊師爺說：「打官司一個對一個，當然重在證據，就是上了當，也只好怪自己不好。如果趙寶祿成了眾矢之的，眾口一詞說他騙人，那時候情形就不同了。不過上當的人，官司要早打，現在就要遞狀子進來。」
>
> 「你也是。」悟心插嘴說道：「這是啥辰光，家家戶戶都在服侍蠶寶寶！哪裏來的工夫打官司？」
>
> （高陽《紅頂商人》）

肆、結語

本文分析了「也」跟「是」連用形成的詞彙短語「也是」。由於出現的語境不同，「也是」可以表示多種意義。其一是表示對他人意見的接納和肯定，常常以「倒也是」的形式出現。其二是對他人的批評，既可以出現在對照的語境中，也可以單獨使用。由於「也是」是極簡單的短語形式，對於它的意義和功用的描寫和解釋必須緊密聯繫其所出現的語境。這樣的詞彙短語可以稱作高度語境依賴的表達形式。

參考文獻

常玉鍾主編。1993。口語慣用語功能詞典〔M〕。北京：北京語言學院出版社。

李宗江。2005。副詞「倒」及相關副詞的語義功能和歷時演變〔J〕。漢語學報，（2）。

劉運同編著。2007。會話分析概要〔M〕。上海：學林出版社。

魯曉琨。1992。副詞「也」的深層語義分析〔J〕。漢語學習，（1）。

陸儉明、馬真。1985。現代漢語虛詞散論〔M〕。北京：北京大學出版社。

呂叔湘主編。1996。現代漢語八百詞〔M〕。北京：商務印書館。

馬同詠。2004。副詞「倒」的語用前提〔J〕。皖西學院學報，（2）。

彭小川。1999。論副詞「倒」的語篇功能〔J〕。北京大學學報（哲學社會科學版），（5）。

屈承熹著，潘文國等譯。2006。漢語篇章語法〔M〕。北京：北京語言大學出版社。

沈建華編著。2003。漢語口語習慣用語教程〔M〕。北京：北京語言大學出版社。

史錫堯。1988。論副詞「也」的基本語義〔J〕。世界漢語教學，（4）。

吳中偉、傅傳風。2005。「倒」字句的含義及教學〔J〕。漢語學習，（4）。

周紅。2006。副詞「倒」的預期推斷與語法意義——兼談對外漢語副詞教學〔J〕。雲南師範大學學報（對外漢語教學與研究版），（3）。

Schiffrin, Deborah。2007。話語標記（Discourse Markers）〔M〕。北京：世界圖書出版公司。

試析「還是的」

壹、引言

《現代漢語八百詞》指出，「還是」作為副詞，「表示行為、動作或狀態保持不變，或不因上文所說的情況而改變」，如：

(1)〔現，223-224〕

今天咱們還是裝運木料。

但是，「還是」與「的」一起使用，形成一個固定短語，意義和功能也發生了變化，如：

(2)〔張，303〕

乙：你這兒了事來啦？說不上來了吧？

甲：我問問你，當初你跟師父學說繞口令兒是一學就會嗎？

乙：不是。

甲：啊，還是的。我在這兒跟您學，也得個功夫啊。

本文擬根據「還是的」出現的典型語境，初步描述它的意義和功能。

貳、問答對子之後的「還是的」

「還是的」在語言中的使用並不普遍，我們僅僅收集到很少的例子。根據這些較少的例子，我們發現「還是的」常常出現在提問和回答組成的相鄰對子之後。我們還是從一個具體的例子開始。

(3) 〔傳，686-687〕

甲：一掄，鴨子出來了，正掉在我們那兒桌上，那鴨子它是掄上來的！要不怎麼沒腦袋呢。

乙：這是掄上來的，他說的是飛上來的。

甲：那就對啦！

乙：啊？

甲：戲院子打架，弄茶壺亂扔，那叫什麼？

乙：叫飛茶壺。

甲：還是的，許你飛茶壺，不許我們飛鴨子呀？

乙：哼！這麼聰明的人，做個馬褂好不好？

丙：你聽明白了吧？

乙：我是聽明白啦！

例 3 中，甲是幫閒者，乙是藝人，丙是少爺秧子。丙說話經常雲山霧罩。由於他借了一件馬褂給甲，甲便不得不幫丙圓謊。有一次丙說，有天他們在會賢堂喝茶，窗外「飛進一隻烤鴨子」。在例 3 開頭，甲解釋說是因為送烤鴨子的小徒弟跟人打架，掄起扁擔打人，把烤鴨子掄飛了，落在了他們的桌子上。但是乙仍然不認可這種解

釋，堅持認為如果這樣解釋，應該說烤鴨子被「掄上來」，而不能像丙所說的那樣「飛上來」。甲不假思索就說「那就對啦」，卻沒有提供具體的理由。這種簡單的肯定自然遭到乙的懷疑，乙用「啊」來表示自己的疑問。在這之後，甲並沒有直接回答乙的疑問，而是向甲提了一個問題。表面上看，這個問題與當前的交談沒有關係；但實際上卻有密切的關係。在乙回答了甲的問題之後，甲首先用「還是的」來開頭，然後用一個反問句來明確說出自己的結論：既然乙承認亂扔茶壺可以叫做飛茶壺，那麼甲在前面肯定的飛鴨子就是順理成章的。可以看出，甲正是利用乙對飛茶壺的認可來得出自己的結論，並且這一結論是甲早就提出過的。

　　通過上面這個例子的分析，我們可以初步把「還是的」的功能界定為「重申某一命題」。隨之而來的問題是：交際者為什麼要重申自己的命題？例 3 中，發話人所提出的命題遭到懷疑；例 4 中，發話人所提出的命題遭到了否定。但是在例 5 中，在甲無法很快地學會繞口令之後，乙對甲的行為提出批評，用的是提問的方式。無論是面對發問或者批評，甲都要進行回應。同樣，甲並不是直接回答乙的發問，而是向乙提了一個問題。在得到乙的回答之後，甲用「還是的」開頭，引出自己想要的結論，用這個結論回答乙前面的提問。雖然在前面的話語中，並不存在甲後來重申的命題，但是我們認為這一命題實際上仍然是存在的，它存在於甲的腦海中。這樣說並非故弄玄虛，而是有事實根據的。甲對乙提出的問題並非有疑而問，而是早有了明確的答案，這個答案將會直接引導出甲頭腦中已有的命題。因此甲的發問並非隨意的，而是設計好的提問，目的在於引導聽話人做出符合自己要求的回答。

　　有時候，發話人自己對問題的答案是非常明確的，並且他也知道聽話人對問題的答案也是清楚的，他提問的目的只是讓（有時甚至是迫使）聽話人再次肯定這一點答案。例 6 中老四對他大哥對金鳳的關心有些嫉妒，見大哥給金鳳送湯，便開始諷刺挖苦大哥。注意老四的話語：「她再幫過咱，你又不是孩子她爸，你是孩子她爸嗎？」已經否定了老大是金鳳孩子的父親，然後才問「你是孩子她爸嗎」，老四的目的只是讓老大親口承認自己不是孩子的父母，然後才可以大膽質疑老大的行為。

　　有時候發話人引導聽話人認可某一命題的問答對子在發話人看來是十分清楚的，用不著再次確認，因此直接跳到了所欲重申的命題。例 7 中眉眉的媽媽跟老大離婚了，眉眉跟著媽媽和二爸生活在一起。眉眉向老大要錢，老大表示反對，眉眉直接用「還是的」來重申自己的觀點：她應該跟老大要錢。這裏省略掉的推理前提就是：老大是她的親爸爸，而且老大過去可能常常這樣說。這一點對於眉眉和老大都是不言而喻的，因此不需要再次明確。眉眉放置在「還是的」後面的話語，「這回不說你是我親爸了，把我往二爸那兒推了吧」，證實了我們的分析。

(4)〔侯，171-172〕

甲：水槍手真了不起，您是位活神仙哪！

乙：我還是王母娘娘哪，別開玩笑啦。

甲：怎麼開玩笑啊？玉皇大帝也沒有您能耐大呀！他能在地下幾百丈的深處採煤嗎？

乙：那是不行。

甲：還是的。您這水槍手——地下工廠的活神仙——礦山實現水利化⋯⋯

(5)〔張，303〕

　　乙：你這兒了事來啦？說不上來了吧？

　　甲：我問問你，當初你跟師父學說繞口令兒是一學就會嗎？

　　乙：不是。

　　甲：啊，還是的。我在這兒跟您學，也得個功夫啊。

　　乙：十分鐘。

　　甲：明兒早晨。

　　乙：等不了，這麼著吧。咱再說一個跟闊圓眼差不多的，可
　　　　比那個還繞嘴。

(6)〔親〕

　　「怎麼不像話啊！金鳳生孩子了，你給她熬上湯了……哎喲
配得這全！我大嫂生孩子你也沒這樣兒吧？……大哥，你想
讓我怎麼說啊！」老大給噎了一下。老三帶著醋意、恨意，
「那我可不得問一句嗎大哥，金鳳生孩子跟你有什麼關係
啊？有什麼關係啊？」

　　「人家不是幫過咱嗎？」老大找著理了，「咱可不能忘了人
家幫過咱！你住院的時候……」

　　「甭老提我住院的時候……那都三年前的事兒了！大哥，當
時人家對我臨終關懷來著，這恩德我也記著呢！可那怎麼
著啊大哥！她再幫過咱，你又不是孩子她爸，你是孩子她
爸嗎？」

　　老大氣得：「我不是！……誰知道這孩子她爸是誰啊？」

　　「那還是的啊！大哥，按人之常情啊，該管這事兒的是孩子
她爸！孩子她爸都不管，你管啊？那你要管，我就得問問
了，為什麼啊？那我問問憑什麼你要給人送湯啊？」

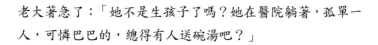

老大著急了：「她不是生孩子了嗎？她在醫院躺著，孤單一人，可憐巴巴的，總得有人送碗湯吧？」

(7)〔親〕

老大隔著車窗，就看見眉眉在路邊站著呢。老大就犯賤，一臉笑容就下車了：「眉眉……」眉眉站著，面沉似水。老大加小心了：「怎麼了眉眉？生爸氣了？我來得不慢啊，接電話就往這邊兒開，就是路上有點兒堵……」

「……給我點兒錢……」

老大一愣：「怎麼管我要上錢了，你二爸不是給你錢挺大方的嗎？」

眉眉沉臉了：「還是的啊，這回不說你是我親爸了，把我往二爸那兒推了吧？」

眉眉轉身就走，老大忙上前拉住了。老大到計程車邊，從腳墊下掏錢：「你這脾氣怎麼跟你媽一樣一樣的啊！……一天的份兒錢，都給你了……」

簡單地總結以上的分析，「還是的」出現的一個典型語境就是當發話人遇到懷疑、否定、批評等行為時，雖然實際上可以直接用某一命題進行回應，但是卻採用迂回的方式，通過提問的方式，引導聽話人做出發問者需要的回答。採用這種方式，發話人引出聽話人認可的某一命題。以這一命題為基礎，發話人可以順利地對發話人遇到懷疑、否定、批評等行為進行回應。「還是的」出現在發話人和聽話人完成的問答相鄰對子之後，表示重申某一命題。這一命題可能已經出現在發話人已經發出的話語中，也可能只是存在於發話人的假設中。通過重申某一命題，「還是的」可以包含有輕微的批評意

味，即發話人原來的命題是正確的、明顯的，聽話人的不明白、不理解倒是不應該的。「還是的」一般出現在話輪的開端位置，可以單獨使用，也可能後續其他話語。例 4 中「還是的」的後面雖然出現了其他的話語，但是卻與前面的話語沒有緊密的聯繫，而是轉向了其他話題。例 3、例 5 中「還是的」後面的話語卻不同。例 3 用反問句的形式來回應前面的疑問；例 5 用陳述句的形式明確說出發話人的結論，並以此來回應前面的發問。

參、其他語境中的「還是的」

除了出現在問答對子之後，「還是的」還出現在其他的語境中。一種典型的語境是：發話人提出一個命題，聽話人表示贊同，原來的發話人使用「還是的」重申原來的命題，雙方暫時就某一個命題達成一致。例 8 中甲認為，老師為了學生的事找家長是給自己添麻煩，乙不同意這種觀點，提出通過家長和學校配合才可以把孩子教育好。甲用「我懂啊」來回答，表示這樣的目的是可以理解的。乙用「還是的」來回應，再次重申自己的觀點，同時也表示責怪甲怎麼會有原來那樣的想法。雖然甲並沒有完全接受教師找家長幫助的觀點，不過甲和乙暫時就家長和學習配合共同教育好孩子這一點達成了一致。例 9 來自同一段相聲，甲認為孩子去學校讀書還有一件麻煩事，就是孩子總把手絹弄丟。乙用「是呀」對這一點表示同意，甲用「還是的」重複自己的觀點。

跟出現在問答對子之後一樣，「還是的」的基本功能仍然是用於重申發話人的命題，這時的命題往往是發話人在前面的話語中明確

提出過的，不同的是，這一命題得到了聽話人的認可（哪怕是部分的、有條件的），通過重申一個經聽話人認可的命題，發話人達到一種強調的目的。

(8)〔侯，59〕

　　甲：噢，孩子念書，大人還得搭上？

　　乙：什麼叫搭上？老師是為了家長和學校配合著把孩子教育好了。

　　甲：我懂啊，誰的孩子誰不願意他好哇？

　　乙：還是的。

　　甲：也得慢慢兒來呀。您想，孩子玩的慣慣兒的，野鳥兒入籠，一下就好哇？沒那個事。

　　乙：嘿，你倒能原諒他。

(9)〔侯，62-63〕

　　甲：嗐，反正怎麼說也是個麻煩事兒。還有這手絹兒，今兒丟一塊，明兒丟一塊，拿了就丟，拿了就丟！

　　乙：是呀，你弄賣手絹的跟著他也不行。

　　甲：還是的。

　　乙：那你得想辦法。給他寫上名字，跟他講講道理，讓他印象深刻了就好啦！

肆、小結

　　上面我們分析了「還是的」使用的兩種語境，我們發現，兩種語境有一個共同點，那就是聽話人對某一命題的認可。在此基礎上，

發話人使用「還是的」重申自己的命題。「還是的」發出者重申的命題跟聽話人認可的命題明顯存在一種證據與論斷的關係，因此在某些例子中在「還是的」前面出現了「那」這個表示推斷的連接詞語，如例 6。但是「還是的」不僅與僅僅毗鄰的前面的話語存在關聯，而且與聽話人認可的命題前面的話語也存在關聯。發話人之所以重申某一命題，往往是因為這一命題收到了懷疑、否定等，或者需要利用它完成不同尋常的交際任務，如應對批評、責難、不滿。有時候交際者不是直接地陳述自己的命題，而是通過獲得聽話人的認同，來達到傳達自己的命題或立場的目的。「還是的」就是交際者完成這一目的的手段之一。我們只是分析了「還是的」出現的兩種語境，對「還是的」的功能提供初步的解釋，未來需要根據日常會話中更多的例證來進步一確定「還是的」在會話活動中所完成的不同任務。

引例用書

現，《現代漢語八百詞》，商務印書館，1996 年。

傳，《傳統相聲集》，上海文藝出版社，1981 年。

侯，《侯寶林相聲集》，人民文學出版社，1980 年。

張，《張壽臣笑話相聲集》，張立林陳笑暇整理，中國曲藝出版社，1988 年。

親，《親兄熱弟》（網路小說）。

話語標記「就是說」

壹、引言

　　一般的語法著作把「就是說」當作插入成分，認為它的作用是用來表示舉例補充說明（劉月華等，1983：407）。這種觀點由於著眼於單個句子的結構，因此把這樣的成分作為特殊句子成分處理，而忽視了這些成分所具有的語篇連貫作用。從語篇分析的角度來看，「就是說」這樣的短語實際上是來用聯繫它們前後的話語的，用來指明前後話語之間的語義關係，並不單獨附著於某個句子。語篇分析學者一般把這樣的成分稱作話語標記，更多地從語篇連貫的角度來挖掘和描述它們。本文首先簡單描述「就是說」在書面語中的連貫作用，然後分析它們在口語表達中所起的作用，並對二者的區別進行初步的解釋。

貳、「就是說」在書面語中的功能

　　在書面語中，「就是說」用於話語之間，用來標示前後話語之間的關係。常見的一種關係是解釋說明關係，「就是說」後面的話語用

來解釋說明前面的話語，因此前面的話語可能比較概括、比較深奧、比較抽象，後來的話語則比較詳細、比較通俗、比較具體。例 1 中，「就是說」前面的話語提到「我們黨已經能夠把武裝鬥爭這個主要鬥爭形式同其他許多的必要的鬥爭形式直接或間接地配合起來」，在「就是說」後面，較詳細地說明了其他許多必要的鬥爭形式所包含的內容。例 2 前面的話語出現了中國人口頭常用的詞語「相反相成」，「就是說」後面的小句則解釋了這個詞語所包含的哲學上的意義。例 3 中提到文藝工作者要學習社會，然後用「這就是說」來說明學習社會具體要做些什麼。

(1) 我們黨已經能夠把武裝鬥爭這個主要鬥爭形式同其他許多的必要的鬥爭形式直接或間接地配合起來，就是說，把武裝鬥爭同工人的鬥爭，同農民的鬥爭（這是主要的），同青年的、婦女的、一切人民的鬥爭，同政權的鬥爭，同經濟戰線上的鬥爭，鋤奸戰線上的鬥爭，思想戰線上的鬥爭，等等鬥爭形式，在全國範圍內或者直接地或者間接地配合起來。

（毛澤東，《共產黨人》發刊詞）

(2) 我們中國人常說：「相反相成。」就是說相反的東西有同一性。

（毛澤東，矛盾論）

(3) 文藝工作者要學習社會，這就是說，要研究社會上的各個階級，研究它們的相互關係和各自狀況，研究它們的面貌和它們的心理。

（毛澤東，在延安文藝座談會上的講話）

　　但是說「就是說」用來標示解釋說明的關係並不全面，實際上「就是說」前後的話語之間還存在著多種關係。其一，與前面提到的解釋說明相反，「就是說」還可以標示抽象概括的關係，即「就是說」前面的話語比較詳細、通俗、具體，而後面的話語則比較概括、比較深奧、比較抽象。請看例 4、例 5、例 6。

(4) 中美兩國人民間的某些聯繫是存在的。經過兩國人民的努力，這種聯繫，將來可能發展到「極親密的友誼的」那種程度。但是，因為中美兩國反動派的阻隔，這種聯繫，過去和現在都受到了極大的阻礙。並且因為兩國反動派向兩國人民撒了許多謊，拆了許多爛汙，就是說做了許多的壞宣傳和壞事，使得兩國人民的聯繫極不密切。

（毛澤東，為什麼要討論白皮書？）

(5) 生後的第二年，兒童才能夠去尋找他沒有親眼看見藏起來的東西，也就是說兒童發展了用心理表徵表現事件的能力。

（北大語料，402）

(6) 遊擊主義有兩方面。一方面是非正規性，就是不集中、不統一、紀律不嚴、工作方法簡單化等。這些東西是紅軍幼年時代本身帶來的，有些在當時還正是需要的。然而到了紅軍的高級階段，必須逐漸地自覺地去掉它們，使紅軍更集中些，更統一些，更有紀律些，工作更周密些，就是說使之更帶正規性。在作戰指揮上，也應逐漸地自覺地減少那些在高級階段所不必要的遊擊性。在這一方面拒絕前進，固執地停頓於舊階段，是不許可的，是有害的，是不利於大規模作戰的。

（毛澤東，中國革命戰爭的戰略問題）

其二,「就是說」可以用來解釋某種行為或者事件的意義。如例
7 先提出一個設問,然後用「這就是說」來回答殺抗日的人就是準備
投降,這是用來解釋這件事所包含的意義,而不是用來解釋說明這
個短語本身的意義。例 8 也是同樣,提出慶祝史達林應該做的事情。

(7) 殺抗日的人,這是什麼意思?這就是說:中國的反動派執行
　　了日本帝國主義和汪精衛的命令,準備投降,所以先殺抗日
　　軍人,先殺共產黨員,先殺愛國志士。這樣的事如果不加制
　　止,中國就會在這些反動派手裏滅亡。所以這件事是全國的
　　事,是很大的事,我們必須要求國民政府嚴辦那些反動派。

　　　　　　　　　　　　　　　　（毛澤東,必須制裁反動派）

(8) 慶祝史達林,這不是一件應景的事情。慶祝史達林,這就是
　　說,擁護他,擁護他的事業,擁護社會主義的勝利,擁護他
　　給人類指示的方向,擁護自己的親切的朋友。因為現在全世
　　界上大多數的人類都是受難者,只有史達林指示的方向,只
　　有史達林的援助,才能解脫人類的災難。

　　　　　　　　　　　　　　　（毛澤東,史達林是中國人民的朋友）

其三,「就是說」可以用來標示推斷或者結論。例 9 中第一個小
句說明報紙寄出的時間,根據當時看到或收到報紙的時間,人們可
以推斷出報紙在路上走了很長的時間,「就是說」的使用更清楚地表
明後面的話語是根據前面的話語推斷出來的,而不是用來解釋前面
話語的意義的。例 10、例 11 則更複雜一些。例 10 用「這樣看來」
開始,表明根據一些事實推斷出新的論斷,即五四時期的一些有意
義的做法被一些人推向了反面,產生了所謂的新八股、洋八股,作
者進一步說明這種新八股、洋八股的特徵。最後作者用「就是說」

來總結這種新八股的特點，它們是五四運動本來性質的反動。這個總結是在前面的論斷和說明的基礎上做出的，是用來總結前面整個的論述的，而不是針對某一句單獨的話語。例 11 中，論者提出雖然中國歡迎外國政府廢除對中國的不平等條約，但是中國獲得真正的獨立和平等卻需要中國自己建立一個新的民主國家。之後論者認為國民黨政府執行的現行政策無法使中國獲得獨立和平等。出現在這兩組語句之間的「就是說」表明了後者是根據前者的邏輯推斷出來的一個結論，是把那種邏輯運用到具體問題（國民黨的政府）時得到的一個令人信服的論斷。

(9) 北京寄出的時間是 1994 年 10 月 31 日，也就是說這捆報紙在路上「走」了 140 天。

（北大語料，1444）

(10) 這樣看來，「五四」時期的生動活潑的、前進的、革命的、反對封建主義的老八股、老教條的運動，後來被一些人發展到了它的反對方面，產生了新八股、新教條。它們不是生動活潑的東西，而是死硬的東西了；不是前進的東西，而是後退的東西了；不是革命的東西，而是阻礙革命的東西了。這就是說，洋八股或黨八股，是五四運動本來性質的反動。

（毛澤東，反對黨八股）

(11) 中國人民歡迎許多外國政府宣佈廢除對於中國的不平等條約，並和中國訂立平等新約的措施。但是，我們認為平等條約的訂立，並不就表示中國在實際上已經取得真正的平等地位。這種實際上的真正的平等地位，決不能單靠外國政府的給予，主要地應靠中國人民自己努力爭取，而努力之道就是把中國在政治上經濟上文化上建設成為一個新民

主主義的國家，否則便只會有形式上的獨立、平等，在實際上是不會有的。就是說，依據國民黨政府的現行政策，決不會使中國獲得真正的獨立和平等。

（毛澤東，論聯合政府）

上面只是我們針對「就是說」前後的話語之間的語義關係所做的一些粗淺分析，實際上「就是說」前後的語義關係可能遠遠超出了我們所概括的幾種類型。並且，對於語句之間語義關係研究者往往會出現不一致的判斷。例 12 中，「沒有子宮」和「不用煩每個月的例假、擔心懷孕」、「已經不再是一個純粹的女人」之間存在著一種語義上的關係，但是對於這到底是一種什麼樣的關係，不同的研究者可能會得出不同的結論。易麗麗（2006：21）認為，二者之間「在語義上存在清楚的因果關係」，即使「也就是說」在話語中不出現，二者的關係也是明確無誤的。但是按照我們的分析，儘管二者單純從邏輯的角度也許存在著因果的關係，但從發話人表達意圖的角度來看，我們寧願把二者之間看作是解釋說明的關係，「也就是說」後面的話語解釋了「沒有子宮」所包含的意義，發話人用它來更清楚明確地說明沒有子宮對於一個女人意味著什麼。

(12)現在我沒有子宮了。也就是說，我在也不用煩每個月的例假、擔心懷孕，我已經不是一個純粹的女人了。

（安頓，絕對隱私）

另外，我們認為，僅僅分析「就是說」前後話語語義上的關係是不夠的，為了說明「就是說」在語篇中的作用，我們必須說清楚在使用了一些語句來表達一定的意義之後，為什麼還要用另外的語句來解釋說明、概括、推論、總結，即為什麼還需要「就是說」後

面的話語。對這個問題我們無法進行深入的研究，但是通過我們所分析的例子，可以發現，它們出現的目的也是多種多樣的，如給予聽話人更清晰的理解（解釋關係，如例 1），語篇類型的要求（使用更加抽象的專業術語來概括，如 5），強調整個語段的重點（如例 11），還有語篇段中更高話題的要求等等。我們認為，「就是說」前後之間的語句固然存在一定的語義關係，但是人們使用「就是說」這個短語並不是為了把固有的關係「更為顯性化」（李佐文，2000：12），而是為了向聽話人指明發話人希望聽話人如此理解的一種語義關聯，即「就是說」前後的語句在語義上存在著一種寬泛等同的關係，但是比較而言「就是說」後面的話語才是發話人表達的重點。為了各種各樣的語用目的，發話人使用「就是說」及後續的語句對已經表達的語義進行解釋、概括、闡釋、推論、總結等等，形成一個以「就是說」為核心的微型語篇，幫助聽話人理解發話人所欲準確轉達的意義。「就是說」前面的話語可能是一個單獨的語句，也可能是一個複雜的語段。「就是說」並不只是用來標示兩個語句之間的關係。「就是說」前後話語之間的語義關係雖然多樣，但是它們之間也存在一個共同點，那就是後者比前者更加明晰、更重要。這一點將是我們討論「就是說」在口語中的作用的一個基礎。

參、「就是說」在口語中的功能

「就是說」在口語中的使用非常普遍，與書面語相比其用法既有相同點也有不同點。我們所分析的口語語料來自 2001 年 6 月 3 日播出的一期電視訪談節目《實話實說》，題目叫〈婦女回家〉。

在口語中我們可以找出與書面語相同的用法，即「就是說」用來表示解釋和說明，或者用來進行概括和總結。例 13 中，竇潔蓓在回答自己為什麼會選擇回家時使用了「當時」一詞，然後用「在 94 年初時候我懷上小孩以後」這個更加明晰的說法來解釋當時是怎樣一個情況，這兩個時間表達之間用「就是說」來標示。顯然後者比前者更能說明出發話人不工作的原因。例 14 中發話人提到，馬克思主義有這麼一個理論，後面用「就是說」引出這個理論的具體內容。例 15 中發話人提到她曾經向自己的朋友做過調查，其中 45 個人都認為有了孩子以後應該回家，但這並不意味著女性應該一輩子待在家裏。在陳述完 45 個人的觀點之後，發話人又重申了這個觀點，在最初的陳述和重申之間使用了「就是說」進行連接。注意最初的陳述和重申在表達上只有很小的區別。例 6 中有三處「就是說」，第一處出現在「有個清醒的看法」之後，「就說」後面的話語用來解釋看法的內容。但這個小句開始以後進行了補救（用「就是說」來表明補救的開始，詳見下文的分析）。在嘉賓的話輪結束之後，主持人做出回應，用「就是說」表明自己對嘉賓話語的理解。這一用法在對話中很常見。

(13)〔實話實說，20010603-1〕

　　主持人：嗯為什麼做這樣一個選擇呢？

　　竇潔蓓：因為當時呢就是說嗯，在 94 年初時候我懷上小孩以後啊，

　　主持人：嗯。

　　竇潔蓓：我，我丈夫的工作也（是）屬於比較嗯比較重的比較重要的崗位上啊，當時我就想，如果說兩個

人都在外邊工作的話呢啊，就沒有這個家裏照顧
的話呢就會出現問題的。

主持人：嗯。

(14)〔實話實說，20010603-2〕

榮維毅：哎對，但是她（XX）

主持人：她的丈夫可能速度也要放下來。

榮維毅：對。大家可能知道，就是馬克思主義有這麼一個
基本理論，就是說社會生產是有兩種生產，一種
是物質財富的生產，一個是人口的生產。那說是
既然我們講歷史唯物主義，講生產力是決定社會
發展的，那麼這兩種生產呢都是社會所必要的。

(15)〔實話實說，20010603-3〕

竇潔蓓：45 位都是（XXXX），肯定啦，一有小孩以後肯
定就是應該回家，但是呢不能永遠回家。就是說
為了孩子可以回家，但不能永遠回家。

主持人：這就叫分階段就業。

(16)〔實話實說，20010603-4〕

榮維毅：權利哎別人都無可厚非。你不能說哎你怎麼那麼
沒覺悟啊，你回家你就會失落了很多，你你你你
你你是不對呀；或者說，你幹嘛不回家？你有沒
有母性啊？或者是你不當賢妻良母了？別人這麼
指責我覺得都不對啊。所以呢她們自己的選擇我
們要尊重。從國家來講，從社會輿論上來講，那
麼呢對這個問題應該還有個清醒的看法，就說不

> 　　應該就是說因為女人生孩子然後女人要帶孩子，
> 　　所以你生了孩子就得回家。
> 主持人：就是說政策上不應該提倡。

　　但是「就是說」在口語中的某些用法在書面書中是不存在的。其中之一就是標示會話補救的開始。補救（repair）指當會話中出現問題時交際者採取一定的辦法來解決這些問題，這些問題包括口誤、話語內容上的錯誤、沒有聽清、誤解等等。因為會話是由至少兩個人參與的活動，會話中的補救就跟發話人和聽話人都有關係。當會話中出現了需要補救的對象（the trouble source or repairable item）時，可以由發出這一對象的發話人自己來補救，也可以由聽話人來補救。「就是說」主要用來標示發話人引發的自我補救。例 17 用「就說」開始來解釋所謂「清醒的看法」是什麼，在說出「不應該」之後發現無法繼續完成一個合法的句子，停頓之後仍舊用「就是說」開始，改變成一個複句來表達自己的意義。「就是說」在這裏起到了標示補救開始的功用。這是一個發生在小句開端的補救。更多的補救發生在小句的中間。例 18 中如果發話人在「就突」之後繼續下去恐怕也不會有什麼問題，但不知何故發話人突然停下來進行補救，改成「中風」了，前面用「就是說」來表明這一改變。例 19 中的補救也只是重複了前面已經發出的詞語「很正常」。例 20 發話人在說出「也要提倡一個」之後進行補救，改為「也要承認」這個更加準確的表達方式。注意在這些例子中還有其他補救的例子，由於跟我們當前的分析無關，我們就不進行細緻的分析了。

　　(17)〔實話實說，20010603-5〕
　　　　從國家來講，從社會輿論上來講，那麼呢對這個問題應該

還有個清醒的看法，就說不應該#就是說因為女人生孩子然後女人要帶孩子，所以你生了孩子就得回家。

(18)〔實話實說，20010603-6〕

就是平常我一工作以後就有爺爺奶奶稍微幫助照顧一下的啊。後來呢爺爺就突#就是說中風了，腦溢血中風以後呢啊，呃就是就在同一個星期之內，保保姆就是我們阿姨保姆的愛人在農村就也病了。

(19)〔實話實說，20010603-7〕

對呀，很很明顯的感覺，因為丈夫如果有時候在外面工作壓力大了呀，回來了哈，就是說講一些什麼。那麼我是處在家裏的狀況，（也是說）處於安靜狀況嘛，那麼他給你講的時候呢我會來用很正常#就是說很正常的眼光來給他分析給他說，分析之後呢他也覺得啊嗯（XXXX）沒有什麼。

(20)〔實話實說，20010603-8〕

所以說你們可以你你出去就業可以，但是你要看出去就業的話你要看一看企業家選不選你。我們在講我們在市場經濟當中講到就業權利的時候，也要提倡一個#就是說也要承認企業家的用人權。

其二就是用作填充詞語，用來爭取更多的思考、尋找和選擇時間。其實在「就是說」標示會話補救開端的同時，也發揮著填充詞語的功效，給予發話人更多的時間進行各式各樣的補救。只不過「就是說」這個填充詞語仍然保留了一定的詞彙意義，可以向人們提示這種補救的一種特性，即對前面的話語進行解釋、說明、概括、重

申等等。但有時候在會話中「就是說」完全失去了本身的詞彙意義，變成了一個單純的填充詞語。我們來看節目中一位嘉賓的談話，他的話語中包含了太多的「就是說」。我們選取兩處來分析。在←1 之前他闡述了自己對勞動權利的看法，並舉失業者為例說明自己的觀點。在主持人插話之後他一方面回應主持人的話語，一方面總結自己的談話。我們看到在他說出的三個小句中均使用「就是說」來開頭，第一個「就是說」及後續話語固然可以看作對失業者觀點的重申或總結，第二個、第三個「就是說」及後續話語也可以看作是發話人用來總結自己基本的觀點，但是全部使用「就是說」來標示，很難起到幫助聽話人理解自己話語之間關聯的作用。在←2，主持人直接問嘉賓對於分階段就業的看法，嘉賓用「分階段就業呢」開頭來回答，然後說出「就是說」，表面上符合「就是說」用於解釋時的表達格式，但後續的話語並沒有解釋這個短語的意義，而是說明自己對這種現象的看法。因此這個「就是說」完全成了一個填充詞語。其後的另一個「就是說」也是如此。填充詞語較多出現在小句的開頭，因為這是人們花費更多認知努力的地方；不過有時候也會出現在小句的中間，如例 22 的「還有」之後。

(21) 〔實話實說，20010603-9〕

　　潘錦棠：（XX）隨便想到的，

　　主持人：嗯。

　　潘錦棠：（XXXX）勞動權利，勞動保護法規定的，有勞
　　　　　　動權利。那麼這個裏邊的勞動權利的界定我是這
　　　　　　樣理解的，就說這個勞動權利是說你有權利去競
　　　　　　爭一個崗位，

主持人：嗯。

潘錦棠：不是說你佔有一個勞動崗位的權利。

主持人：嗯。

潘錦棠：如果你這麼去界定佔有一個工作崗位權利的話，
那那社會上好多失業者全世界都有失業者，那失
業者不都違反《勞動法》了嗎就是？

主持人：那失業者全成男的了。

潘錦棠：啊就是說失業者他沒有權利權利了，就是說它應
該就是有一種有一種有一種有一種競爭的意思，
就是說它是一個雙向選擇的問題。 　←1

主持人：您說單讓女性分階段就業這是不是歧視呢？

潘錦棠：分階段就業呢，就是說從全世界來看沒有一個國
家規定女性分階段就業的。它是一種比較自然的
情況，就是說女性她這個這個要生孩子，要懷孕
生孩子。　　←2

主持人：（也就是剛才談的）兩種生產。

潘錦棠：那你生孩子不能說一邊還繼續就業，這個不行，
（最終）她還要回去。她（就是）照顧不要全日
照顧的時候呢女性又開始回歸社會，它是這樣一
種情況。然後呢從這個趨勢上來看好像有一個階
段就業啊，但是沒有一個國家規定。

主持人：嗯。

潘錦棠：你必須要回去。

（其他嘉賓）：哈哈哈。

潘錦棠：如果說是一刀切全部回家那肯定是不對的。（為
什麼？不對就是說）現在你（就）（不是現在這

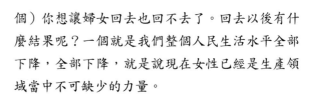

個）你想讓婦女回去也回不去了。回去以後有什
麼結果呢？一個就是我們整個人民生活水平全部
下降，全部下降，就是說現在女性已經是生產領
域當中不可缺少的力量。

主持人：嗯。

潘錦棠：（它就是這個結果），它就是這個結果。

(22)〔實話實說，20010603-10〕

觀眾 7：哎我就覺得這個呃應該說有很多人都有這麼一個
多少有點那個大男子主義的這個想法，就說就是
男女回家呢其實根據一個自我的這個情況和這個
我的興趣哈，然後還有就是說各家的這個情況。
還有剛才那位老師提到就說家務，那位先生也提
到家務勞動在家也是很繁重的。

肆、一點題外話

上文提到，「就是說」在口語中除了具有解釋說明的功能之外，
還具有兩個口語特有的功能，那就是用來標示會話補救的開端以及
充當填充詞語。對於「就是說」的這種功能及其評價，研究者的態
度存在差異。徐志紅（2003）研究了電視訪談節目中「就是」和「就
是說」的使用，認為一些「就是」或者「就是說」是一種「贅言」，
並認為，「贅言不是語言成分，不屬於修辭手法，不能增加語言的美
感和表現力，相反會造成交流中的困難甚至誤解。」（2003：36）仔
細觀察徐文的例子（有關「就是說」的），我們發現它們大都是口語

表達，不僅包括主持人、解說員的話語，還包括被採訪對象的話語。在這些話語中，「就是說」的功能是充當填充詞語。但是我們不能說填充詞語就是「贅語」，我們知道，口語中出現填充詞語是一種正常的現象，它們在口語表達中還是起到一定的作用的。我們在分析口語時，不能按照書面語的標準來要求口語。如果按照書面語的標準，23a 應該改成「我 2000 年最快樂的事是出了新專輯，我非常感激這些年來關心支援我的廣大觀眾」。這樣改固然是正確了，但是也就不是口語了。按照我們的分析，出現在這個例子中的「就是說」、「就是」都是填充詞語，都是為了爭取更多的時間計畫安排下面的話語而出現的，因此它們出現的位置也不是偶然的，即出現在主謂之間或者動賓之間（徐文例中的賓語不是簡單的詞語，而是複雜的短語）。因此，我們固然可以要求人們加強語言學習，盡可能規範個人言語，但是我們切不可用書面語的標準來要求口語的使用。口語中的一些現象應該放在口語的環境中給予客觀的研究和評價。

(23)〔徐，200301〕

　　a：在 2001 年最快樂的事就是說我出了新專輯。我非常地
　　　　感激就是這些年來對我關心支援的廣大觀眾。(2)

　　b：在這個行當裏，我覺得就是說大家都變得比較浮躁。(4)

　　c：我感覺就是說今天歌手的水平相當高。(5)

　　d：《東方紅》我們演了一年多，受到了就是說觀眾的熱烈
　　　　歡迎，演員也感到常演常新。(6)

　　e：我們好長時間也就是說見不到就是說文藝演出，這一次
　　　　《燕山情》演出……(7)

　　f：剛才好多同志就是說談到了反盜版的建議。(10)

　　g：今天就是說上海體育館裏坐滿了觀眾。(11)

h：不知道你注意到沒有，就是說每一項科學技術都會和生活有許多聯繫。(13)

i：我有一個問題，就是說問王濤，你和瓦爾德內爾交手這麼多年……(15)

伍、小結

我們首先分析了「就是說」在書面語中的功能，我們認為「就是說」前後的語句在語義上存在著一種寬泛等同的關係，發話人使用「就是說」及後續的語句對已經表達的語義進行解釋、概括、闡釋、推論、總結等等，形成一個以「就是說」為核心的微型語篇，幫助聽話人理解發話人所欲準確轉達的意義。但在口語中除了使用「就是說」標示解釋、說明、概括、重申、總結等關係以外，主要用來表示會話補救的開端，或者僅僅充當填充詞語。

參考文獻

李佐文。2001。話語提示語及其功能研究〔D〕。上海：上海外國語大學國際文化交流學院。

劉運同編著。2007。會話分析概要〔M〕。上海：學林出版社。

徐志紅。2003。話說「就是」和「就是說」〔J〕。北京教育學院學報，(1)。

易麗麗。2006。獨立城分的話語標記功能〔D〕。上海：上海外國語大學國際文化交流學院。

作為話語標記的「別說」

壹、引言

在語言使用中,「別說」可以是一個副詞+動詞的自由片語,也可以是一個詞彙短語,用來連接兩個小句,此外還具有話語標記的功能。對於「別說」的話語標記功能,前人做了一些研究,提出了一些不同的看法。本文從「別說」的基本意義出發,對「別說」的話語標記功能進行了辨析,希望進一步推動對這一話語標記的研究。

貳、別說了

「別說了」的結構為「(別說)了」,意思是「不要說」,用於勸阻或禁止。勸阻或禁止的對象當然是其他的交際者。有時候「別說了」出現在他人的話語完成之後,有時候「別說了」出現在他人的話語正在發出的過程中,如例 1 中額娘的話語「我一把屎一把尿兒啊」,從語法的角度來分析並沒有結束。有時候,「別說了」的發出者對他人欲表達的意思已經明瞭,在他人還沒有表達出來之前就使用「別說了」來勸阻他人不必再說了,如例 2。發話人之所以勸阻

或禁止他人發話，或者由於他人的行為或言語不合適或不可接受，或者由於發話人自己沒有興趣、沒有時間聽下去，等等。「別說了」的使用者向他人發出了一個請求，請求他不要繼續說下去或說出來。對於這一要求，聽話者可以接受也可以拒絕。例 3 中吳蘭珍勸告朱瑞芳不要再說話了，因為會議馬上就要開始了，卻遭到朱瑞芳的拒絕。

總之，「別說了」出現在他人的言說行為（包括即將進行言說行為）之後，用於勸阻對方放棄這一行為本身。作為勸阻對方停止言說的一種表達方式，雖然「別說了」是一個自由組合，卻是一個使用頻率相當高的組合形式。按照一些研究者（Biber et al., 2000：999）的意見，如果把使用頻率當作重要的因素來考察組合的熟語性，可以說「別說了」也具有一定的熟語性。

(1)〔電視劇《最後的王爺》：27 集〕

（壽元從他額娘嘴裏知道了自己是抱來的，而不是額娘親生的。）

額娘：老頭子，全是你幹的好事啊。

壽元：什麼都甭說了。格格比我強，她到底有個親媽。我呢，我的親媽在哪兒？

額娘：可我沒把你當抱來的，自打你一來，我就把你當親生的一樣，我一把屎一把尿兒啊⋯⋯

壽元：您別說了，我不想聽。（走出去）

額娘：兒啊，兒啊。（昏倒在地）

(2)〔北大語料〕

她卻不等父親開口就說：「您別說了，我都聽見了⋯⋯」

(3)〔周而複：上海的早晨〕

朱瑞芳見江菊霞篤篤地走去找馮永祥，更加怒不可遏了，忍不住罵開了，「這樣的人也上主席臺？」她越說越有氣，聲音也越來越高。吳蘭珍站在她背後，輕輕附著她的耳朵說：「別說了，快開會了。」「開會又怎麼樣？連話也不准講？」「這麼大聲，叫人聽見了。」「講就不怕，怕就不講。我就是要人聽見！」

參、別這麼說

與「別說了」有關係的是「別這麼說」這一組合。跟「別說了」不同的是，「別這麼說」一定要出現在他人的言語行為發出之後，這是因為「這麼」是一個代詞，指代物一定要先出現。例如：

(4)〔皮皮：比如女人〕

「對不起，我……」

「別這麼說。」吳剛口氣很重，好像要劉雲永遠都別向他道歉。

劉雲可憐分分地看著吳剛，完全沒了主張。

(5)〔皮皮：比如女人〕

耿林在腦子裏迅速過濾了一遍自己的朋友，沒有找出一個此時他能和妻紅一起探望的。

「去看看王書他老婆彭莉怎麼樣？」妻紅說，「我很同情這個被自己愛人騙了半輩子的女人。」

「你別這麼說吧，如果她不知道，她的幸福就是真的。」

「男人的邏輯。」婁紅輕蔑地說了一句。「好了，不難為你了，我們去逛商店吧。這時候的商店人少。」

(6)〔皮皮：比如女人〕

耿林接過單子看了一眼，然後簽上自己的名字，一邊掏錢一邊說：「我覺得你挺眼熟的。」

「我替您給婁小姐送過五次東西了，水果禮品、鮮花等等。不過，我這人沒特點，不容易給別人留下印象。」小夥子謙遜地說。

「別這麼說，你很有特點，是我這些天一直神情恍惚。」耿林把錢交給小夥子。

跟「別說了」類似，在他人的言語行為正在實施的過程中使用「別這麼說」實際上也是要求對方停止這樣的言語行為。我們認為，此時「別這麼說」與「別說了」所發揮的語用功能是相同的，都是勸阻對方停止自己的言語行為。因此，「別這麼說」跟「別說了」一樣，都可以單獨使用。例 4 中劉雲道歉的話剛說一半，就被吳剛制止，她不知道如何繼續才好。

在另外一種語境下，他人的言語行為已經完成。這時使用「別這麼說」，其主要目的不是勸阻對方停止自己的言語行為，而是對對方的言說方式或者言說內容表示否定。在「別這麼說」之後往往有其他的語句存在，這些語句可以簡單地概括為否定的緣由，形成「否定+解釋」的語義關係。在例 5 中，婁紅認為王書的老婆彭莉是一個「被自己愛人騙了半輩子的女人」，耿林不同意她的這種看法，他用「你別這麼說吧」來表示對婁紅意見的不贊同，緊接著補充自己的

理由，他認為如果彭莉不知道自己被欺騙了，她應該是一個幸福的女人。例6中的小夥子雖然多次幫耿林送禮物，但耿林卻沒認出他來，他自己解釋說是由於自己沒特點。耿林首先使用「別這麼說」對他的說法進行否定，緊接著強調指出「你很有特點」，只是由於他自己神情恍惚，才沒認出小夥子來。由此可見，「別這麼說」的功能在於對前面交際者的話語進行否定，其後往往跟著解釋否定理由的語句。

肆、作為話語標記的「別說」

「別說」當然可以作為自由組合來使用，用來勸阻對方不要發出某一言語，如：

(7)〔北大語料〕

他對陪同的張幹事說：「你別說，讓我先猜猜哪是『硬六連』的兵。」

不過這一節的重點是「別說」作為話語標記的用法。劉永華、高建平（2007：29-30）指出，「由於學者們所依據的理論框架、研究方法不盡相同，因此對話語標記語的界定等問題至今也沒有統一的認識。但學者們對話語標記語的基本特徵已達成共識，即①功能上具有連接性；②語義上具有非真值條件，即話語標記的有無不影響語句命題的真值條件；③句法上具有非強制性，即話語標記的有無不影響語句的句法合法性；④語法分佈上具有獨立性，經常出現在句首，不與相鄰成分構成任何語法單位；⑤語音上具有可識別性，可以通過停頓、調值高低等來識別。」

　　「別說」作為話語標記既可以出現在對話中，也可以出現在連貫語段中。例 8 中壽元和于老闆跟趙巡警商量如何抓住人販子邊老二。趙巡警提到，邊老二即使不外逃，躲在北京某個角落他們也沒辦法。于老闆提醒他們說，他們忘記了梨園行。壽元就問：梨園行使得上勁嗎？于老闆解釋道，梨園行在北京分佈廣、接觸人多，找一個人很容易。這之後，趙巡警說：哎別說，唱戲的也許成。趙巡警的話語是對於老闆回答的回應，其中開始部分的「哎別說」就是一個話語標記。例 9 和例 10 的「別說」都出現在某一個人物的話語中，跟整個的對話沒有關係。注意，在例 10 中「別說」出現在句子「小店裏啊還真有幾件真貨」中間，而不是開頭。

(8)〔電視劇《最後的王爺》：25 集〕

　　（趙巡警為了給銀杏找孩子，查到了人販子邊老二，但是邊老二卻不知跑到了哪裏。）

壽　　元：他是不是聽到什麼消息跑了呀？

趙巡警：他就是眯在北京城裏，只有不出來，咱們也沒地方找他去呀。

于老闆：哎，壽先生，伶人插句嘴如何？

壽　　元：您說。

于老闆：您怎麼忘了我們梨園行了？

壽　　元：那是啊，可梨園行使得上勁嗎？

于老闆：梨園行在市面上啊，生旦淨末醜，神仙老虎狗，眼皮子活兒啊。不就是個邊老二嘛，我請梨園公會各位同倌，不用特為打聽，稍微留點神，就讓他顯了原形。

趙巡警：哎別說，唱戲的也許成。

壽　　元：于老闆，那就拜託了。

(9)〔電視劇《最後的王爺》：35 集〕

　　壽　元：哎那我這房錢交給誰呀？

　　趙巡警：咳這所宅子是于老闆自己個兒置辦的，您往哪兒交
　　　　　　房錢？哎也別說，買幾錠紙燒燒，就算您沒白住。

(10)〔電視劇《最後的王爺》：8 集〕

　　小販：喲，二位爺，這邊請。您想淘換點什麼呀？銅器？
　　　　　玉器？小店裏啊，您別說，還真有幾件真貨，您瞧瞧。

　　徐二：這種東西啊，我們府裏有的是。

　　小販：二位爺，您再瞧瞧。

　　對於「別說」的話語功能，研究者進行了不少研究。劉永華、高建平（2007：29）認為，「它通常出現在話輪開端，具有引發功能和反應功能，在言語交際中具有強化功能和提示功能。」韓蕾、劉焱（2007：11）認為，「作為對話中的話語標記，『別說』具有認同和反對兩種反應功能，非對話中的『別說』具有引發和轉換話題兩種功能。」張曉雯（2008：144）認為，「『你還別說』，這個句子可以表示實在的意義，也可以用來單純表示語氣，是虛義的。」尹海良（2009：113）則強調了「別說」的篇章連貫功能，他指出，「話語標記『別說 $_2$』在語篇上起前後銜接的作用，它使用時的語義背景可概括為：說話人以前所認為的跟現在所認為的情況不一致，說話人感覺現的認識更有道理或符合已經發生的真實情況，因此用『別說 $_2$』來指示以前的錯誤認識，然後再說出現在的想法或得出的新結論對這種錯誤認識予以修正。」侯瑞芬（2009：135-136）認為，「別說」的話語標記用法功能是從它的否定功能發展而來的，經過進一步演變「別說」最終成為一個「提醒對方注意後面將出現的重要資

訊或評價的話語標記」。董秀芳（2007：56）則推測，「『別說』的話語標記用法可能是來自於『別說』在話語中對聽者的提醒作用。」可見，不論是對於「別說」作為話語標記的演變過程，還是其本身的語用功能都存在進一步討論的必要。

我們的討論僅僅局限在「別說」的語用功能方面。我們贊同侯瑞芬的意見，「別說」的話語標記用法來自於它的否定功能。我們認為，在演變的第一階段，「別說」往往出現在他人的話語之後，用來表達對他人話語的否定，之後或提出自己的看法，或解釋否定的理由。如在例 8 中，開始壽元（可能包括趙巡警）不太相信梨園行能幫上什麼忙，在於老闆進行解釋說明後，趙巡警說：哎別說，唱戲的也許成。此時趙巡警否定了他以前的看法，覺得梨園行也許能幫上忙。為了表示這種否定和改變，他在話語開頭使用了「哎別說」這些形式。「哎」通常用來表示突然意識或察覺了什麼，用來表示說話人資訊狀態的改變。跟「別說」在一起使用是很自然的。在例 9 中，壽元回到北京，不能回自己的家，臨時住在於老闆的宅子裏。壽元問趙巡警應該把房錢交給誰。因為于老闆已經去世了，趙巡警就回答說沒地方交房錢。但轉念一想，認為如果壽元想交錢，可以給于老闆買點紙燒燒。在這兩個想法之間，趙巡警用「也別說」來連接，表示想法的改變以及前後想法的對立。

還有另外一種情況，被說話人否定的內容並沒出現在前面的語篇中，但卻隱含在交際者的假定中。例 10 中的小販為了勸說壽元購買他的古董，說「小店裏啊，您別說，還真有幾件真貨」，有的研究者也許會把這裏的「別說」單純解釋為用來表示強調，但是如果我們進一步追問：小販為什麼要強調呢？根據故事發生的語境和人們的百科知識，我們必須指出，對於那些街邊的小古董店和小販，人

們通常很難相信他們的店裏會有什麼真貨或好東西，正是為了消除人們通常抱有的看法，小販才強調說他的店裏真有真貨。因此這裏的「別說」也是用來表示否定，只不過否定的是聽話人所抱有的假設。不管是用來否定他人的話語，還是否定他人的假設，否定與被否定之間都形成了明顯的銜接與連貫。從這個意義上，我們說「別說」具有還語篇連貫作用。或者說，當「別說」用來表達否定的時候，它可以清晰地表達前後話語之間或「別說」之後的話語與整個語篇之間的語義聯繫。

　　「別說」進一步虛化，就變成了一個「提醒對方注意後面將出現的重要資訊或評價的話語標記」（侯瑞芬：2009：136）。具有提示作用的「別說」同樣既可以出現在對話中，也可以出現在連貫語篇中。例 11 英海聽說于老闆要傍角唱猴戲，就跟于老闆說過去沒有看過他唱猴戲，今天要大飽眼福。英海的話語以「別說」來開始，用來提示聽話人將要出現的是重要的資訊。例 12 中，發話人後面的語句是對自己所挖的野菜的評價，同樣以「你還別說」開始，提醒讀者注意這是交際者表達的重點。這時的「別說」主要用來提示其後話語的性質和特點，它的作用在於說明交際者和話語的關係，或者說它是一個傳達交際者對所發出的命題的態度的標記形式。我們不能否定，此時的「別說」仍然具有一定的語篇連貫作用，但是必須說明的是，它的性質與處於演變第一階段用來表示否定的話語標記還是具有很大的不同。因此，在例 12 中，「別說」主要用來提示其後話語的性質，而不是用來表達與前面話語的連貫關係。這段語篇的連貫主要是依靠詞彙手段來完成的，如告訴──挖野菜──味道的語義鏈條等。例 11 中的「別說」也應當做同樣的分析，而且在英海的話語之前並沒有其他的話語，前後的連貫就無從談起。

(11)〔電視劇《最後的王爺》：16 集〕

    英   海：哎，子龍，還別說，光聽過你這豹精，還沒看過

            你這出猴戲，今兒個我要大飽眼福啊，啊？

    于老闆：瞎話，沒見我唱《安天會》嗎？瞎話。

    英   海：那個不算。這出猴戲那是傍角兒的。

    于老闆：傍角兒的也求您賞聲好啊。

(12)〔韓蕾、劉焱，2007，例 18〕

    當地人還告訴我各種野菜的吃法和做法，何不也挖點野菜換換口味？你還別說，這野菜的味道就是和商場的淨菜不同，充滿著泥土的芬芳，純綠色食品哩！

    前面提到研究者對「別說」的語用功能存在不同的看法，我們認為這跟對「別說」的兩種功能未加區分有關係。我們認為，表示否定意義的「別說」既可以出現在對話中，也可以出現在連貫語篇中。此時的「別說」具有很強烈的語篇連貫作用。而當「別說」進一步虛化為話語提示標記時，它顯著的作用在於提示其後話語的性質，是一個情態標記成分。無論出現在對話當中還是連貫語篇中，它的作用在於表明交際者對話語的不同區分。這種區分當然也具有語篇連貫的作用，但是這只是它作為情態標記語的附帶作用，而不是主要的作用。

    還有一點需要說明，無論哪種意義的「別說」都具有「啟後性，也就是說，它主要是與其後的話語相關聯」（董秀芬，2007：56）。此外，「別說」以及其後的話語或者作為對前面話語的反應，或者作為對周圍世界發生事件的評論，在語篇中往往是後發的。這一點在描述「別說」的功能時應該加以注意。例如，劉永華、高建平（2007：

31）認為，例 13 中張玲話語中的「別說」具有「引發功能」，「標記使用者在其他聽話人作出反應之前用『別說』來搶先佔據說話權，自薦為下一話輪的說話人，引出自己的觀點。」按照我們的分析，這裏的「別說」只是用來標識其後話語的性質，並不具有所謂的「引發功能」。張玲的評論是在看到王萍穿上演出服裝後做出的，它是由王萍穿上演出服裝這一非言語行為引起的，而不是由張老師的話語引起的，也不是對張老師話語的反應，根本用不著搶佔話語權。由「別說」作為開端的話語整個用來表達張玲對某一事件的評論或看法，「別說」本身只具有「啟後性」。因此我們可以看到，用「別說」作為開端的話語可以出現在對話的第一個話輪中，如例 11 中，英海的第一句就使用「別說」開始，這並不奇怪，這是因為他的話語是在聽說于老闆要演出猴戲後說的，是對這件事發表的看法。我們知道，用「別說」開始的話語常常用來表達交際者的觀點和意見。

(13)〔劉永華、高建平，2007，例 13〕

　　張老師：好，我們現在來試試這套演出服合適不合適。

　　張　玲：別說，王萍穿上這套衣服再戴上面具，還真像那
　　　　　　麼回事兒。

　　王　萍：你也不錯嘛，只是……老師你看，張玲的衣服是
　　　　　　不是短了點兒？

伍、結語

　　「別說」的基本意義是「不要說」，用來勸阻他人實施言語行為。我們認為，「別說」作為話語標記的用法是從它的基本意義來的。對

於「別說」的話語標記用法，我們認為，它們的虛化程度上不同的。處在演變第一階段的「別說」還保留了它的基本意義，用來對他人的話語進行否定；而處在演變第二階段的「別說」則變成了一個情態標記，提醒交際者注意其後的話語為重要的資訊或評價。這兩種不同的意義對於語篇的銜接和連貫所起的作用也有所不同。

參考文獻

丁力。1999。反逼「別說句」〔J〕。語言研究，（1）。

董秀芳。2007。詞彙化與話語標記的形成〔J〕。世界漢語教學，（1）。

韓蕾、劉焱。2007。話語標記「別說」〔J〕。寧夏大學學報（人文社會科學版），（4）。

侯瑞芬。2009 。「別說」與「別提」〔J〕。中國語文，（2）。

劉永華、高建平。2007。漢語口語中的話語標記「別說」〔J〕。語言與翻譯（漢文），（2）。

王紅旗。1999。「別 V 了」的意義是什麼──兼論句子格式意義的概括〔J〕。漢語學習，（4）。

王健。2008。說「別說」〔J〕。語言教學與研究，（2）。

尹海良。2009。現代漢語「別說」的篇章銜接功能及其語法化〔J〕。西南農業大學學報（社會科學版），（4）。

張曉雯。2008。慣用語「（你）還別說」語義語法語用考察〔J〕。高等教育與學術研究，（5）。

祝東平。2007。「別 V 了」的語用分析〔J〕。長春師範學院學報（人文社會科學版），（6）。

Biber, D. et al., 2000. Longman grammar of spoken and written English[M]. Beijing: Foreign Language Teaching and Research Press.

Heritage, J. 1998. Oh-prefaced responses to inquiry[J]. Language in Society, 27(3): 271-334．

Heritage, J. 2002. Oh-prefaced responses to assessments: a method of modifying agreement/disagreement[C]// Cecilia Ford, Barbara Fox and Sandra Thompson (eds), The Language of Turn and Sequence. New York: Oxford University Press: 196-224.

「你說」的功能

壹、引言

　　「說」的基本意義為「用言語表達意思」（呂叔湘，447），此外，「說」還是一個常用的轉述動詞。如：

　　(1)我已經說過了，不說了。

　　(2)他說太甜了，不吃了。

　　「說」跟第二人稱代詞「你」一起使用，除了基本意義以外，還形成了其他引申的用法，如表示認知態度和作為語篇標記。本文對「你說」的多樣用法進行描寫和分析。所利用的例證主要取自北京大學漢語語言學研究中心現代漢語語料庫（http://ccl.pku.edu.cn/Yuliao -Contents.Asp），例子後面的數字代表網上查詢所得例證的序號。

貳、「你說」表示請求

　　我們知道，當說話人向聽話人提出一個問題時，說話人實際上已經發出了一個請求，請求聽話人能夠回答他的提問。但是，在語

言使用中，我們還發現一些提問的前面或後面並用「你說」的例證。如何解釋這些現象呢？我們認為，這些話語的結構可以看作由兩部分構成：提問＋請求。「你說」（加上用於指稱聽話人的稱呼語）主要表達請求的功能，它跟其前面或者後面的提問語句一起構成了話語的請求功能，請聽話人對發話人的提問進行答復。因此，此時的「你說」可以看作是獨立的小句，「說」或「你說」可以重疊（例 4、例 6），可以跟其他的小句一起使用（例 4、例 5），可以後附句末語氣詞（吧、呀）。

(3) 周主席，你說，要我拿多少？（1556）

(4) 劉老師，你說說，你給講講，怎麼烙好，我學學。（607）

(5) 別哭了，你說，他到底解沒解你的腰帶？（709）

(6) 你還要不要這個家，你說，你說呀！（538）

(7) 實現目標我們該怎樣做，你說吧，老童。（591）

(8) 你讓他走了，我這一家老小可怎麼辦，你說呀！（860）

(9) 我能做什麼事，你說吧！（1459）

(10) 多少錢，你說吧！（1978）

由於「你說」具有上述的特點，加上它的位置相對靈活，有的研究者傾向於強調「你說」的獨立性。邵敬敏（1996：191）認為：「當 Va_1[1] 出現在 S_{21} 中，由於『你 Va_1』與 Q 都具有相對獨立性，『你

---

[1] Va_1 指看、說、猜、想、聽……之類的動詞；S_{21} 代表 Q 作賓語的母句為非

Va₁』的作用在於『提醒對方，引導問句，催促表態』，而且『你 Va₁』可以刪略而並不影響 Q 問句成立及其基本語義表達，因此最好還是把它看作一種語用成分，即承認 Q 問句為獨立的問句。」我們認為，雖然刪略「你說」不影響 Q 問句的成立及其基本語義表達，但是刪略前後的話語功能還是有很大的區別，並且有時甚至會影響到話語的連貫。如例 5，如果刪除了「你說」，變成「別哭了，他到底解沒解你的腰帶？」話語的連貫性受到了一定的影響。因此，不應當特別強調 Q 問句的獨立性，從整個的話語功能來看，「你說」的請求功能也是相當重要的。

參、「你說」表示認知情態

「說」是一個言說動詞，但在語言使用中演化出另一種意義，即認知義。這種意義主要用來表示命題的來源以及語言使用者對命題的主觀態度，大約相當於認知動詞「認為」的意義。毅峰（2004）指出，「『說』表示『認為』、『以為』是臨時用法產生的一個臨時義項」，是言說動詞「說」的「語用意義的語義化」。例如：

(11)依你說，該怎麼辦才好？（62）

(12)鎮裏不管，你說不找縣委領導找誰？（73）

(13)能人走了，企業必然陷入危機，你說我能不為這事發愁嗎？
　　（246）

是非疑問句；Q 指疑問形式。

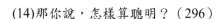

(14)那你說，怎樣算聰明？（296）

(15)記者同志，你說這叫實事求是嗎？（321）

(16)你說說，幹部們發了話，能不聽麼！（404）

(17)早晚，事情會弄清楚的，你說呢？（864）

(18)你會答應的，你說是嗎？（874）

(19)用電動打稻機省時省力，減輕勞動強度，誰還願意用腳踏的，你說是吧？（1342）

(20)孩子的線索提供給我，咱們在孩子與父母之間搭一座橋，那多好呀，你說是不是？（1289）

(21)可是，你努力了半天，仍舊沒有人理解，你說我們會有多痛苦。（429）

(22)小朋友，快謝謝阿姨，阿姨這麼累，還給你讓座，你說阿姨多好啊。（572）

(23)姑姑當然非常高興，你說這小春紅是個何等精明的人兒吧。（963）

　　通過觀察分析這些例子，我們發現，雖然可以認為這些例子中的「說」都用來表示認知情態意義，但是仍然存在一些細微的區別。當「你說」後面的小句採用疑問形式，「你說」主要用來徵詢聽話人的看法和觀點，表明這種觀點來自特定的個人，是一種主觀看法。這時的「你說」雖然可以用諸如「依你說」或者「要（是）你說」來替換，仍舊殘留了一些言說動詞的特徵。因此跟上文討論的表示請

求的「你說」有時是很難區分的。有些語言內的特徵有時可以提供一些幫助，穀峰（2004）從問句的時體成分、疑問代詞、能願動詞等方面區分他認定的說₁與說₂，可以參考。也許擴大視野，超越小句的範圍可以找到更多線索。例14在「你說」之前有一個「那」，可以起到一種對照的作用，表明後面的提問轉向聽話者個人。如果只是單獨的語句「你說怎麼算聰明？」，沒有上下文的幫助，恐怕很難確定這裏的「你說」是用來表示請求還是徵詢聽話人的看法。當「你說」後面的小句雖在形式上採用疑問形式但實際功能卻是反問，或者「你說」跟附加問句一起使用，或者「你說」後面的小句採用感歎句形式，這裏的「你說」並不是用來徵詢聽話人的看法，而主要用來表示尋求聽話人的認同。無論是徵詢聽話人的看法還是尋求聽話人的認同，更多地體現出「你說」在交談中吸引聽話人捲入的功能。同時必須指出，雖然我們說「你說」具有認知意義，但它本身並不是一個典型的認知動詞，它主要的作用還在於表明聽話人跟命題的關係，體現功能語言學派所謂的人際功能。另外「你說」作為言說動詞的特性及請求功能並沒有完全喪失，如「說」可以重疊（例16）。

肆、「你說」用作語篇標記

上面主要討論了「你說」保留言說動詞特徵的同時，用來表達請求或者用於表達認知情態的功能。此外「你說」還具有語篇組織功能，主要用來表示新話題或新資訊。上文指出，「你說」可以用來詢問聽話人的看法或者尋求聽話人的認同。在這種用法中，實際上已經包含了「你說」的標引功能。因為無論是徵詢聽話人的看法還

是尋求聽話人的認同，發話人使用「你說」實際上把聽話人的注意
焦點引向某一特定的問題或者陳述。「你說」在這裏已經具備了引起
注意的功能。當「你說」後面出現的是一個名詞性成分，它跟其他
的成分呈現漢語中鬆散的話題──評論關係時，「你說」起到的正是
標示話題的功能。例 24 中的「你說」可以分析成附著在其後的小句
「這出租業可真夠邪乎的」之上，用來尋求聽話人對此命題的認同；
但也可以分析成只是用來標誌話題「這出租業」的，其後的三個小
句都是圍繞出租業做出的評論。當「你說」跟其他的話題標記成分
如吧、啊等一起使用時，「你說」話題標記功能就更加明確，如例
25、26、27。但是並非所有的「你說」都是用來標記話題和評論關
係的，例 29、30、31 三個例子中的「你說」後面的成分並不是所謂
的名詞性成分，它們跟後面小句的關係也很難分析為話題──評論
關係。例 29 是一個會話補救的例子，發話人在「這屬於」之後出現
停頓，用「你說」開始補救，發出「現在這」後發現補救不成功放
棄，用另一個話題開端成分「要說起……來說」（按照書面語的標
準，這似乎是一個不正確的、雜糅的用法）完成了補救。從發話人
補救所使用的成分來看，可以說「你說」的作用在於引出或轉向一
個新的話題或某種新資訊。這種新資訊成為後續話語的背景資訊或
前景資訊。例 30、31 中的「你說」可照此分析。例 32 有點特殊。
雖然使用了「你說」和「吧」，但「你說」後面的成分跟「吧」之後
的小句很難分析成話題與評論的關係，兩個小句之間的關係分析為
假設複句比較好。因此這裏的「你說」的意義應為「要是你說」，起
到引導假設小句的關係。例 33 中的「你說」用來對比，引導假設複
句的功能更加明顯。因此，當我們說「你說」作為語篇標記可以引
入或者標記新話題或者新資訊，這仍舊是「你說」作為言說動詞高

度語法化的一個階段，仍然是一個臨時的用法，還沒有演化到如「至於、對於」等詞語那樣專門用來引入新的話題。此外，「你說」還可以連接具有假設關係的小句。

(24)你說這出租業可真夠邪手的，居然從一碗飯生出兩碗，眼下這不成了三碗？（1484）

(25)不過，現在你說，那些鬧的小孩兒吧，實際上都是特別好，一個是三建工人，自己現在學大字，現在他是大字練了多少年了，練的其實水平已經相當高了。（33）

(26)可是現在你說，現在八十歲的人啊，可能說，說的不好就是歲數大了，他也就比較糊塗了。（24）

(27)可是你說他們小時候吧，也也也念漢語，三字經兒，百家姓兒，就念這個，也念這個，單有一沒有學校那時候，他們，我父親母親小時候，還沒有這麼多學校呢，是不是，就就念，單有學堂，叫學堂。（14）

(28)你說在禮節上方面，我有知道有不知道的。（10）

(29)真的沒一點兒教育沒有，人家說這個，所以這屬於你說現在這，要說起現在「五講四美」來說，其實也應該包括進去對老人尊敬不尊敬，是不是。（22）

(30)你說我們三兄弟在中國科學院啊，力學研究所，他那兒來些個同學上這來，我就不愛帶字兒。（28）

(31)你說兩眼一摸黑，我天橋兒擺一攤兒，擺不開。（19）

(32)到現在你說讓我叫吧，我也叫不上來。（35）

(33)就是你說不認得吧，又認得點兒字；你說認得吧，又不是那麼認得。（7）

伍、結語

　　話語標記成分是說話人為了引導和制約聽話人正確理解話語而選擇的語言標記。由於國內外學者的研究視角和目的不同，因此採用了諸如如話語標記（discourse marker）（Schiffrin，1980）、話語小品詞（discourse particle）（Kroom，1995）、話語連接語（discourse connective）（Blackmore，1988）、語用小品詞（pragmatic particle）（Ostman，1981）、語用運算式（pragmatic expression）（Eerman，1987）、語用標記語（pragmatic marker）（Fraser，1996；Briton，1996）、分界標記語（segmentation marker）（Bestgen，1998）等等稱謂。研究者認為，話語標記至少具有如下 3 種功能：語篇組織功能、人際商討功能和元語言功能。語篇組織功能是指說話人通過話語標記把零碎的不連貫的話語組織成連貫的話語。話語標記在語篇組織方面最突出的作用是組織話語，構建交際語境，保持話語意義連貫。人際商討功能是指說話人可以利用話語標記喚起聽話人的參與和注意，標識話語的轉換，維持話語的正常進行，確認聽話人是否理解話語的意思，是否同意說話人的觀點。元語言的功能主要體現在情態上，表明說話者對命題內容的態度和情感（李勇忠，2003）。

　　「你說」在表達言說意義的基礎上，逐漸發展出了表達認知情態和語篇組織的功能。根據語料庫的語例，本文對「你說」的情態功能和語篇功能進行了初步的描述，並指出它們之間的聯繫和區別。由於這些功能都是「你說」言說意義在特定語境中產生的語用意義的專門化和固化，它們對於人們正確建構和理解特定的語篇和意義具有重要的作用。研究者需要根據更多的語料對它們的功能進行細緻而又具有概括力的解釋和說明。

參考文獻

高增霞。2003。漢語的擔心——認識情態詞「怕」「看」和「別」〔C〕// 語法研究和探索（十二）。北京：商務印書館。

毅峰。2004。「你說」的語法化〔J〕。中國語文研究，（18）。

李勇忠。2003。語用標記與話語連貫〔J〕。外語與外語教學，（1）。

劉月華。1986。對話中「說」「想」「看」的一種特殊用法〔J〕。中國語文，（3）。

呂叔湘。1999。現代漢語八百詞（增訂版）〔M〕。北京：商務印書館。

孟琮。1982。口語「說」字小集〔J〕。中國語文。（5）。

屈承熹著，潘文國等譯。2006。漢語篇章語法〔M〕。北京：北京語言大學出版社。

冉永平。2000。話語標記語的語用學研究綜述〔J〕。外語研究，（4）。

沈建華編著。2003。漢語口語習慣用語教程〔M〕。北京：北京語言大學出版社。

王寒娜。2006。話語標記研究綜述〔J〕。綏化學院學報，（6）。

曾立英。2005。「我看」與「你看」的主觀化〔J〕。漢語學習，（2）。

Fraser , B. 1998. What are discourse markers？[J].Journal of Pragmatics, (30).

Schiffrin, Deborah。2007。話語標記（Discourse Markers）〔M〕。北京：
    世界圖書出版公司。

表示輕微批評的「還說呢」

壹、引言

　　「還說呢」是口語中常用的一個詞彙短語，對於它的意義和用法，沈建華編著的《漢語口語習慣語教程》認為，它「在對話中用，表示說話人對對方所說的事有不滿、生氣的意思（It is used in conversation and means do not talk about that）。」（2003：95）這一簡單的概括雖然說出了「還說呢」的一些特徵，但仍然有不準確的地方。我們根據收集到的一些語料，更詳細地描述「還說呢」出現的語境特徵，挖掘它在語篇連貫中的作用。由於我們所做的只是一項初步的研究，文中所採用的例證大多來自網路上文藝性作品中的對話，而非真實的口語。

貳、「還說呢」在語篇連貫中的作用

　　Deborah Schiffrin（2007：D18-D19）在描寫英語中的話語標記時提出過一個話語連貫模型，該模式包括 5 個層面：意念結構、行為結構、交談結構、參與框架和資訊狀態。其中意念結構指語句所

表達的意念。意念之間有三種關係：銜接關係、話題關係和功能關係。參與框架和資訊狀態涉及話語的語用層面，其中參與框架關注的是聽說雙方的關係以及他們和語句的關係。我們將根據 Schiffrin 的模型分析「還說呢」在話語連貫中的作用。

一、「還說呢」在意念結構中的作用

（一）Schiffrin（2007：26）認為有三種不同的關係共同促成了意念結構的形成，它們是：銜接關係、話題關係和功能關係。對於銜接，Schiffrin 採納 Halliday 和 Hasan（1976）的觀點，認為銜接是一個語義概念，是語義上的一種聯繫，如果話語中的某一部分對另一部分的理解起著關鍵作用，這兩部分之間就存在著銜接關係。Halliday 和 Hasan（1976）把銜接分為 5 類：指稱（reference）、替代（substitution）、省略（ellipsis）、連接（conjunction）和詞彙銜接（lexical cohesion）。後來，Halliday 又把替代和省略合併成一類。用這種觀點來分析「還說呢」，就會發現，單獨來看「還說呢」的意義無法理解；但是如果聯繫上下文語篇，不難看出，「還說呢」是承接前面發話人的話語省略而形成的語句，它跟前面發話人的語句通過省略形成銜接關係。我們知道，「說」是一個及物動詞，後面可以帶體詞性成分作賓語。「還說呢」省略的正是「說」後面的賓語。不過需要指出的是，跟一般省略不同的是，省略的成分到底是什麼，有時候並不是那麼一目了然的。第 1 例中，可以把前面亞茹的話「2.0 排量的雅閣好，又大方，又省油」不加改變放在「說」的後面；例 2 中，固然也可以把小紅的話整個兒（人稱由「你」改為「我」）放

在「說」的後面，但似乎只取「那條裙子」作為省略的對象更合適一些，因為「我」在後面的語句中都是以「那條裙子」作為話題的。

(1)〔網路小說 http://yc.book.sohu.com/data/book_content/ 94/78/ 20287_0_7.shtml〕

出了酒店的大門，單美對劉芳說道：「我們倆就不開車了，都坐你的車吧，明天早上再來這裏取車，走我們去亮點玩玩。」上了劉芳的轎車，我看到充滿女性裝飾的車內，掛滿了一些毛毛玩具，隨手摘下一個笨笨熊問道：「芳姐，你這車是什麼牌子？」「凌志400，怎麼樣這車不錯吧，你姐姐我為人大氣，買車自然也講究個大氣，可不像你這二位姐姐，買個車生怕別人坐，小裏小氣的。」

單美坐在我旁邊，給了前面開車的劉芳一拳說道：「怎麼的，俺就喜歡那種小巧玲瓏的感覺，我那QQ車多好呀，又省油，停車還方便。」

亞茹也說道：「你這車太廢油了，還是我那個2.0排量的雅哥好，又大方，又省油。」

「還說呢，也不是誰上次在高速公路上直嚷嚷要換大排量汽車。」

「呵呵，此一時，彼一時，環境變了自然想法也就變了。」

(2)〔沈建華，2003：95〕

小紅看見我，問：「哎，你怎麼不穿那條裙子了？」

我沒好氣地說：「還說呢，就因為那條裙子，我媽說我說到半夜，非說裙子太短，不讓我穿。」

　　（二）在 Schiffrin 的模式中意念結構的第二個組成要素是話題和次話題的組織。我們認為，如果從更廣泛的意義上來看，可以把它當作是話題的發展，包括話題的引入、轉移、終止、重新引入等方面。「還說呢」在話題的發展中所起的作用是什麼呢？有的研究者認為，「還說呢」表達的意義是「不要談論某個話題」（〔It〕means don't talk about that）（見沈建華，2003：95）。這種看法雖有一定的道理，卻是不準確的。上文指出，「還說呢」跟前面發話人的話語形成銜接關係，是一種承前省略。話題是由前面的發話人提出的，聽話人採用「還說呢」是否終止了前面的發話人提出或者交談者已經發展至此的話題呢？請再看例 1，會話中的幾個人在談論大排量汽車還是小排量汽車好，單美和亞茹都說小排量的好，「我」的回答用「還說呢」開始[1]，提醒她們說她們（中的一個）曾經說過大排量的好，暗示她們現在的話自相矛盾。單美或者亞茹就辯解說，此一時彼一時，人是會改變的。注意辯解人的話輪開頭使用的象聲詞「呵呵」所具有的自我解嘲的意味。除了出現在陳述語句之後，在我們的語料中

---

[1] 「還說呢」常常出現在話輪的開始位置，但是並不絕對如此，在我們收集的語料中有一個例子「還說呢」出現在話輪的結束位置。如：

車子在城市裏穿梭，不時還吃了幾個紅燈，心裏怒罵：真是 TMD 不順，知道我們趕時間還這麼欺負我們！心裏想著，嘴裏就把這個話調侃著說了出來。他們幾個也附和著說：「就是啊，快點變綠燈撒！」

「嗨，要是我仔細點就好了，瑤瑤，你姐姐還說幫我查查在常州停不停的，她也沒跟我查，要是查了就好了，我們也不會混成現在這個樣子了。」我對小表妹說。

「這個也怪你，她沒查，你也不電話問問她？還說呢！」看看，脾氣大吧。一邊回答我話，還一邊在和她的圈子發著短信。顯然這事對她並不是太著急，要是讓她一個人遇上這事，可能就不是這個樣子了吧。

「好了好了，怪我，我還不想去呢，現在怪誰都沒用了，都是浪費口舌的，還是想想我們如果趕不上怎麼辦吧。」我還是領導，起的作用不是鬧情緒。（http://www.5223.net/?action-viewthread-tid-1687）

還有相當多的例子,「還說呢」出現在疑問語句之後,聽話人使用「還說呢」開始回應,並沒有結束話輪,而是接著回答前面發話人提出的問題。也就是說,刪除掉「還說呢」,發話人的提問和聽話人的回答形成一個標準的問答對子。可以說,從出現在「還說呢」前後的提問和問答來看,「還說呢」並沒有終止話題的作用。有時候,僅從「還說呢」出現的話輪來看,聽話人似乎拒絕回答發話人提出的問題,因此終止了發話人引入的某個話題,但是在後續的話輪中,被提問的一方(也就是使用「還說呢」的聽話人,但不一定是他本人)仍舊回答了發話人的問題。例 4 中的羿淵向綠衣女子詢問他的同伴的下落,遭到綠衣女子的侍女的抱怨。羿淵向二位女子道歉並解釋自己為什麼那麼牽掛自己的同伴,綠衣女子安慰他說,一定會找到他的同伴。在這個例子中,「還說呢」只是暫時終止了話題的繼續,並沒有最終取消某個話題。所以,雖然表面上「還說呢」似乎要求終止某個話題,實際上並沒有起到這樣的作用。

(3)〔網路小說 http://vip.book.sina.com.cn/book/book_read. php?book = 27986&chapter=13093〕

「好吧,說點正經的,我是怎麼回來的啊?」我說。我一上車就睡著了,難道計程車司機知道我住哪兒,把我背上來了?周淩兒說:「還說呢!你上車了司機準備問你到哪兒去,可一看你已經打起了呼嚕,想把你扔下車又於心不忍,剛好你的手機滑到了車上,他就拿著你的手機給我打了電話。」

「是你背我進來的?」我好奇地問她。

「是啊!沉得像豬一樣!」周淩兒說。

(4)〔網路小說 http://read.cuiweiju.com/files/article/html/59/59480/2693320.html〕

此時，羿淵正躺在一個清雅的居室中，剛欲起身卻覺得頭彷彿炸開一般。「我在哪裏？」這一刻他在不停地問自己這個問題，他想從腦海中的殘餘的記憶中找到些什麼，但此時回答他的只是一片空白。

忽然，「吱」的一聲門開了，綠衣女子和女孩走了進來，見羿淵要起身，忙跑過去。「小弟弟，你身上的傷還沒好，是不能亂動的！」綠衣女子急道。

羿淵望著眼前的這個姐姐，見她容顏若水，身姿如風，不時給人一種親切的感覺，他不由一怔，道：「姐姐，我能問你一個問題嗎？」「你問吧！」綠衣女子微笑道。「你能告訴我，我現在在哪麼？」「你現在在風雨山莊──也就是我的家。」女子笑了笑道。「姐姐，那你有沒有看到我的同伴呢？」羿淵急忙道。「你還說呢！」女孩沒好氣地道，「要不是你抓住姐姐的船上的槳，你早就死了！對恩人難道一聲『謝謝』都不該說一句麼？」「翎兒！」綠衣女子微嗔地望著女孩。「對不起」，羿淵緩緩低下了頭，道，「我爹娘已經死了，我在世上也就剩下他一個親人了。江湖人海，他不會照顧自己，我真的很擔心他……」「你放心吧」，綠衣女子釋然地笑了笑，道，「我們一定會找到他的，你現在什麼都不要想，在這裏養好傷就行了。」「謝謝你，姐姐」，羿淵感激地望著她，不禁熱淚盈眶。

　（三）上文提到，「還說呢」是承前省略的短句，並不具有終止話題的功能。那麼「還說呢」在語篇中到底發揮什麼樣的作用，它

的意義又是什麼呢？我們認為，「還說呢」這個短句的主要功能在於對前面發話人的語句進行評價。它的意義不是「不要說」，而是「不該說」。評價可以針對發話人語句的命題內容，如例 1 中亞茹所說的話自相矛盾，例 5 中「我」的話言不由衷；更多的例子是針對前面的話題，如例 2、例 3、例 4、例 6。交際者使用「還說呢」對前面發話人的話題進行評價，並不一定是不喜歡這個話題，或者說這個話題令聽話人生氣等，而是涵蓋了討厭、不喜歡、責怪、嗔怪、無奈、自嘲、窘迫等多種多樣的情感態度。例 4 中的侍女表達的可能是真正的責難和批評，例 3 中的周淩兒的責難中則帶有些許嬌嗔；例 6 中玲玲使用「還說呢」只能解釋為自嘲和窘迫。對於「還說呢」的意義，我們可以初步地概括為：由於某種讓我不快的原因，你不該說出某個命題或提到某個話題（雖然你實際上已經這樣做了）。

(5)〔網路小說http://read.xxsy.net/books/3349/index.html〕

　　「別為難，阿媽不會逼你說的。不要哭了，阿媽問你另外一件事。海生那孩子怎麼樣？」

　　「海生哥？阿媽，你怎麼想起問他了？我已經好久沒看見他了，聽說，他自己開了個公司。」

　　「我不是問這個，我是問他的人品，你覺得怎麼樣？」

　　「人品，很好啊！怎麼了？」

　　「瞧你這孩子，怎麼不開竅呢？難道非讓我直說啊！我是說，你們倆從小一起長大，難道你對他一點感情都沒有啊？」

　　「有啊。你就我這麼一個女兒，所以我一直都把他當親哥哥看。」

　　「真的只是哥哥嗎？」

「噢，阿媽，看你都想到哪去了！」說完，臉蛋已經緋紅了。
「還說呢，瞧你臉都紅了。我就不信你只是拿他當哥哥，我倒希望海生呀能成為我的女婿呢！」李曼怡說這話的時候，連眼角的皺紋似乎都充滿了笑意。

(6)〔網路新聞 http://www.chinanews.com.cn/sh/news/2007/08-03/994195.shtml〕

玲玲：小康，我講講我公公買彩票的事。

晚報小康：好啊。

玲玲：我公公算是個彩迷吧，每期都買 5 組號碼，這 5 組號碼每期還都一樣。這一堅持就堅持了五、六年。

晚報小康：那花了不要錢吧？中過沒有？

玲玲：還說呢，上一次，家裏人要吃豆腐，我公公就先去買豆腐了，說買了豆腐再去買彩票，結果一出門都碰到下象棋的了，他就站在那裏開始「觀戰」，也忘記去買彩票啦。

晚報小康：哦，老人愛忘事，結果呢？

玲玲：公公晚上坐在那裏看電視，拿出自己原來的號碼，對來對去，一拍腦袋，「啊，號碼有一組中了 11.6 萬，怎麼今天就沒有買啊！」

二、「還說呢」用於評價

上面的分析表明，「還說呢」主要用來表達對前面說話人話語內容或者話題的評價，這種評價涵蓋了從較嚴重的責難到最輕微的不快。我們注意到，除了個別的例子中出現了「你」與「還說呢」合

用，大部分的例證都是「還說呢」單獨使用，這說明「還說呢」已經凝固成一個具有特定功能的詞彙短語。說話人使用「還說呢」表達出自己對前面說話人話語的態度，同時間接地表明瞭自己對前面說話人的批評態度。這種批評即使是最輕微的不快（如窘迫），也仍然是消極的，會威脅到體聽話人的面子，所以在「還說呢」之後，說話人往往會附加上其他的話語，而不是乾脆結束自己的話輪。也就是說，「還說呢」常常跟其他的語句一起使用，而不是單獨充當一個話輪（詳見下面的分析）。此外，我們還發現，作為被批評的說話人，有時會採用解釋的話語來回應「還說呢」的發話者。在例 1 中，在被我指出她們的話語自相矛盾之後，單美或者亞茹辯解說人在不同的情況下會有不同的想法。在例 4 中，羿淵向綠衣女子詢問他的同伴的下落，綠衣女子侍女用「還說呢」責怪羿淵不先表示感謝，卻先詢問同伴的下落。這說明，他的話本身並沒有什麼錯，只是不該在這個時候說出來而已。羿淵向二位女子道歉並解釋自己為什麼那麼牽掛自己的同伴，綠衣女子安慰他說，一定會找到他的同伴。這些例子表明，「還說呢」的聽話人意識到了「還說呢」中所包含的批評意味。

三、「還說呢」的行為結構

「還說呢」往往不是單獨構成一個話輪，而是跟其他的語句一起使用，構成一個複雜的話輪。上文已經提到，出現「還說呢」的話輪之後往往出現解釋性的話語，構成類似會話活動中他人引發、自我補救的三要素序列[2]。這裏我們關注的不是「還說呢」出現的更大的語境，而是「還說呢」本身所在的話輪。

---

[2]　指在會話活動中發出補救對象的人在聽話人要求下完成補救的一種類型。

　　仔細分析「還說呢」後面語句，我們發現，它們更多的是用來說明原因，向前面的說話人說明為什麼他不該說某個命題或話題。因此，我們可以把出現「還說呢」的話輪抽象為：批評＋原因。上面的所有的例子都符合這一規律，只不過有時原因簡單明瞭，如例 1 拿說話人過去說過的話來對比；有時原因可能比較複雜，例 6 中的原因跨越了多個話輪，用一個小故事來說明。還可能有時候，原因非常明瞭，因而被略去，加上了其他相關的語句來繼續，如例 7。

(7)〔網路小說　http://www.novelclub.cn/files/article/html/34/34080/1266639.html〕

　　「小七啊，你看他多可愛呢。」母親邊托著我餵奶邊對父親道。「嘿嘿，是啊……」父親傻笑著附和道。「你去休息一下啊，這幾天有忙裏又忙外的可真是辛苦你了，加上宇兒又忽然昏睡你更是幾天沒合眼了……」母親心痛的望著父親說道。「沒事的，我支持的住呢，不累。」父親說完為了表現起可信度還故意在並不強壯的胸脯上拍了拍，卻是一個跟蹌往後退了一步。「哎，還說呢，還不趕快去休息呢，要是你垮下了，我和宇兒靠誰去了？」母親用擔憂的眼神看著父親，邊催促道。父親撓了撓頭想了想，終歸還是聽了母親的話去了。

例如：

A：兩個燒麥，一個花卷兒。

B：幾個燒麥？

A：兩個。

B：嗯。（把燒麥和花卷兒遞給 A）

參、討論及結語

現將「還說呢」在語篇中的連貫作用歸納如下：

(1)「還說呢」是承前省略的短句；

(2)它並不終止當前的話題；

(3)它主要用來表達說話人對前面說話人話語的評價；

(4)它用來表達說話人對前面說話人話語（及說話人）的輕微批評態度；

(5)它並不單獨構成話輪，往往出現在話輪的開始位置，出現在其後的話語說明批評的原因。

在話語銜接方面，「還說呢」是承前省略的短句，對它的理解需要聯繫前面說話人的話語。不過，只有這一點還不夠，對「還說呢」的理解還需要結合「說話人的假設」（屈承熹，2006：91），也就是說話人的知識狀態。我們知道，在我們所分析的會話活動中，說話人是第一次發出某一個命題或者某一個話題，但是聽話人卻使用了「還」這一副詞。「還」的基本意義是表示延續或重複，正是因為說話人不希望某事發生，但某事實際上已經發生，所以說話人使用「還」來表達自己不喜歡的態度（屈承熹，2006：90）。

由於「還說呢」表達的批評態度往往是非常輕微的，因此它往往並不終止當前話題的延續，而是用一種特定的方式規定著話語的發展。在說話人使用「還說呢」表達評價態度的同時，往往在後面加上說明原因的語句，向前面的說話人解釋為什麼這個命題或者話題是令人不快的，形成了「『還說呢』+原因」這樣的話輪結構。附

帶地「還說呢」也具有了預示後面話語的功能，它暗示出「還說呢」之後的話語在繼續當前話題的同時，具有某種令人不快的特徵，這也是會話參與者最好當初就不該提起它的原因。如果「還說呢」表達的批評態度靠近嚴重的一端，最初的說話人也可能對自己的行為進行解釋說明，形成問題──批評──解釋的三要素序列，類似會話補救活動中的問題──指出──補救序列。

　　總之，「還說呢」是一個用於表達對其他說話人的話語進行評價的話語標記短語，它更多地用於表達輕微的批評態度，在出現「還說呢」的話輪中往往形成「批評＋原因」這樣的結構。它並不終止當前話題的發展，而是側重傳遞出說話人對話語的評價態度。

參考文獻

常玉鍾主編。1993。口語慣用語功能詞典。北京：北京語言大學出版社。

劉運同編著。2007。會話分析概要。上海：學林出版社。

屈承熹著，潘文國等譯。2006。漢語篇章語法。北京：北京語言大學出版社。

沈建華編著。2003。漢語口語習慣用語教程。北京：北京語言大學出版社。

Schiffrin, Deborah。2007。話語標記（Discourse Markers）。北京：世界圖書出版公司。

「且不說」作為短語連接詞

壹、引言

「且不說」中的「說」原意為「講述、說明」，「且不說」可以作為自由片語使用，如：

(1)〔北大語料：688〕

咱們且不說這個，我瞧你肚子也餓啦，咱們吃飽了再說。

隨著「說」意義的虛化，「且不說」逐漸演變成為一個固定短語，作為連接詞語使用，如：

(2)〔北大語料：296〕

他琢磨：官兵們到地方髮廊理髮，且不說價高，髮型各異豈不影響軍人形象？

為了稱說方便，我們把「且不說」引導的小句稱作 X，跟 X 相連的小句稱作 Y。一般來說，X 小句出現在前面，Y 小句出現在後面，形成「X，Y」型複句。但是 X 也可以出現在後面，形成「Y，X」型複句。並且，Y 有時是一個單句，有時可能是複句（句組）。作為連接詞語，「且不說」的作用是什麼？X 和 Y 之間的關係是什麼？這是本文研究的重點。

貳、X 與 Y 之間的關係

在複句中，我們常常發現配套使用的關聯詞語，如表示遞進關係的「不但……而且」，表示因果關係的「因為……所以」等等。為了弄清 X 與 Y 之間的關係，我們可以觀察 Y 小句使用的關聯詞語。Y 小句使用的關聯詞語可以分為四組：

第一組：且不說 X，也、還、又、更、而且 Y。

第二組：且不說 X，只、單（是）、光（是）、就、首先 Y。

第三組：且不說 X，就是……也／又／就 Y；

　　　　且不說 X，即使……也（亦）Y；

　　　　且不說 X，就連……也 Y；

　　　　且不說 X，如果……也／就 Y；

　　　　且不說 X，連……也 Y。

第四組：且不說 X，ØY。

一、第一組：且不說 X，也、還、又、更、而且 Y

這一組中，後續小句使用「也、還、又、更、而且」等關聯詞語，如：

(3)〔北大語料：36〕

　　自己車的質量差、造型笨且不說，產量也少得叫人害怕。

(4)〔北大語料：236〕

穿塑膠拖鞋，有味兒且不說，夏天還特別熱腳。

(5)〔北大語料：686〕

賺多少錢且不說，您一個人做，又能做多少？

(6)〔北大語料：185〕

面對市民的埋怨，環衛部門頗有苦衷：鬧市區寸土寸金，建公廁且不說經費吃不消，征地更是難上加難。

(7)〔北大語料：707〕

曹操不和部下爭風頭、爭面子、搶功勞，這且不說，而且部下給他提意見，如果他沒有採納，犯了錯誤他一定檢討，他……

　　第一組的關聯詞語中「也、又」等可以用來表達並列關係，也可以用來表達遞進關係；其他的關聯詞語「還、更、而且」則用來表達遞進關係。由於 X 小句與 Y 小句之間存在加合關係，又由於「且不說」本身的詞彙意義（見下文分析），我們可以得出結論，「X，Y」之間存在遞進關係。

二、第二組：且不說 X，只、單（是）、光（是）、就、首先 Y

　　在這一組中，後續小句中出現了表示連接的副詞如：只、單（是）、光（是）、就、首先等，如：

(8)〔北大語料：684〕

且不說其陶器瓷器的茶具造形之精美，只說兩樣新發明就很值得一提。

(9)〔北大語料：595〕

平時還對自己的言談舉止感覺良好，這一看可不對了，且不說那舉止，單是自己的聲音和腔調便令我汗顏。

(10)〔北大語料：789〕

北京騙到西安，光是薪資、醫藥費、路費，他已經騙了國家多少錢，且不說政治上的損失！

(11)〔北大語料：167〕

且不說內容，名字就夠髒的。

(12)〔北大語料：297〕

這位副鄉長是否對人民負責且不說，首先懷疑他介紹的「加鹽解氰毒」的方法是否科學可靠？

在這一組複句中，X 小句與 Y 小句本身就存在意義上的對比，如例 9 的「舉止」與「聲音和腔調」，本身存在範圍的縮小。那些表示範圍或者順序的副詞的使用，幫助突出這種意義上的遞進關係。

三、第三組：且不說 X，就是……也／又／就 Y 等

在這一組中，後續出現的不是普通的小句，而是本身包含另外一組關聯詞語的複句，或者是使用「連……也」的複雜小句。例如：

(13)〔北大語料：173〕

且不說那些保存完好的古跡，就是層出不窮的「名勝」又有多少。

(14)〔北大語料：43〕

這種現象，且不說在我們社會主義中國，即使在西方，納稅人也是不能容忍的。

(15)〔北大語料：637〕

本想把他們抓捕起來，向他的長官獻點功勞，不想撲了一場空，這且不說，差一點連一個小隊也完了。

在後續的複句或者「連」字句中，發話人虛設一種比 X 更進一層的境況，然後指出二者會出現同樣的結果。由於 Y 本身與 X 存在遞進的關係，因此，這種方式仍然是用來表達遞進關係，只不過 Y 自身使用了讓步或者假設關係。例 15 如果改成例 16 的樣子，基本意義並沒有什麼改變，只是對 Y 進行強調的意味弱了一點。

(16)〔自擬〕

本想把他們抓捕起來，向他的長官獻點功勞，不僅撲了一場空，還差一點連一個小隊也完了。

四、第四組：且不說 X，ØY

在這一組中，Y 小句中沒有出現任何的關聯詞語。例如：

(17)〔北大語料：100〕

技術難度大，開發週期長且不說，大量投入哪裏來？

(18)〔北大語料：344〕

　　且不說沙俄的血腥鎮壓，遷徙本身決非易舉。

(19)〔北大語料：139〕

　　校舍門窗破爛，學生自帶板凳，用一塊塊土坯壘成桌子，不平且不說，趴一會渾身是土。

　　在這一組裏，X 與 Y 往往涉及事物的兩個方面，存在加合關係。由於 Y 小句沒有出現任何的關聯詞語，我們只能說「X，Y」之間可能存在並列關係或者遞進關係。但是考慮到「且不說」所表達的詞彙意義（見下文分析），我們仍然有理由把這種類型的「X，Y」也看作遞進關係。這不僅是為了跟前面的幾種類型統一起來，而且有些 Y 小句本身仍然包含一些線索，促使我們把它看作比 X 更進一步，而不是平起平坐。如例 18 中出現的「本身」強調「遷徙」過程本已很艱難，幫助傳達出 Y 是發話人所表達的重點。

參、「且不說」的意義分析

　　在上一節中，我們根據與「且不說」配合使用的關聯詞語的分析，把「X，Y」之間的關係定性為遞進關係。換句話說，「且不說」是用來引導遞進關係中表偏小句的關聯詞語。這樣分析跟「且不說」這個詞彙短語的詞彙意義也是吻合的。

　　第一，當人們使用「且不說」引導 X 小句時，既不是否定發話人說過 X，也不是否認 X 存在，它的字面意義僅僅是「暫且不說」，因此 X 是存在的，並沒有被排除或者取消，它與 Y 存在加合關係。

　　第二，既然 X 是真實存在的，「不說」的原因是什麼？我們知道，「且不說」引導的小句不是單獨使用的，需要跟其他的小句一起使用，形成「X，Y」的格式。在 X 與 Y 之間，發話人認為二者並不是同等重要的，而是存在 X 輕 Y 重的關係。這裏的輕重並不是指二者單純的語義關係，而是指表達的重點。例 15 例中後果有二：一是撲了個空，一是差一點連一個小隊也完了。兩種相比，後者更嚴重。因此發話人用「且不說」來進行區分。例 10 描述的是騙子造成的後果，一是政治方面的，一是經濟方面的。在通常情況下，政治影響比經濟影響嚴重。但是在這個複句中，發話人欲傳達的重點卻是政治影響雖然很嚴重，經濟的後果本身也是很難接受的。發話人用「且不說」傳達出他的區別和重點。例 19 講述學校條件的艱苦，用土坯壘成的桌子用兩個缺點：不平，趴上會粘土。本來這兩個方面也無所謂孰輕孰重，但是發話人使用了「且不說」來聯接，把後者作為更嚴重的缺點。因此，「且不說 X，　Y」表示的是一種語用遞進。「且不說」是表達語用遞進的重要手段，它用來傳遞發話人對 X 的壓低和淡化，間接地用來傳遞發話人對 Y 的提升和強調。所以即使 Y 小句不使用其他的表示遞進的關聯詞語，「且不說」本身也可以起到區分和標識輕重的功能。上文分析已經提到，有的 Y 小句本身不帶任何的關聯詞語，並不影響它表達遞進關係的功效。總之，「且不說」不是用來否定 X 小句的存在，而是用來標識 X 小句的語用功效的輕和弱。

肆、「且不說」表示讓步嗎

根據前文的分析，我們認為，「且不說」是引導遞進複句偏句的關聯詞語。對於「且不說」的作用，以往的研究者研究得不多，呂叔湘（2002：451）提出，「且不說」的意思為「先不說，表示讓步」。呂書的例子為：

(20)〔呂叔湘：451〕

　　且不說買不起，就是有錢也不能花在這上面。

(21)〔呂叔湘：451〕

　　且不說產量大幅度提高，單是品種就增加了不少。

先來看例 21，這個複句包含兩個分句：p（產量大幅度提高）；q（品種增加不少）。如果這個複句表達的是讓步關係，則應包含有這樣的預設：p→~q，但是這樣的預設並不存在。實際上這個複句包含的預設是「產量大幅度提高與品種沒增加不少是可能的」為真，這種預設正是表遞進關係的複句所包含的預設。例 20 中「且不說」引導的是「買不起」這個短語，不是一個小句，根據省略規則，我們可以把它改寫成：買不起不能把錢花在這上面，有錢也不能花在這上面。改寫後的複句兩個分句本身又是由複句構成，前者可以看成是一個假設複句，後者使用了「就是」來連接，可以認為是一個讓步複句。注意這裏說的是「就是……也」構成的複句是讓步關係，不是說「且不說」引導的小句跟「就是……也」小句構成讓步關係。實際上，「且不說」小句表達的正是「就是……也」複句的一個預設

「買不起不花在這上面」；「就是……也」複句則通過對另一個預設的否定來表達「有錢也不花在這上面」。發話人對「買不起」和「有錢」兩種情況進行對比，相比較而言，「買不起」的情況是比較容易理解的，「有錢」的情況下如何做才是發話人表達的重點，因此發話人用「且不說」來標明自己的區分。

可以看出，雖然孤立地看，「且不說」引導的小句也包含「姑且承認」某一事實或假設的意味，但是這個小句所表達的命題跟後續Y小句的否定命題之間並不存在蘊涵關係。並且有時候Y本身也可能就是一個讓步關係複句，句中會出現真正的表示讓步關係的連接詞語如「就是……也」等。如果不是僅僅考慮「且不說」小句自身的意義，而是聯繫「且不說」小句跟後續小句（句組）的關係，把「且不說」看作引導遞進關係複句偏句的關聯詞語更為合理。

伍、小結

本文聯繫「且不說」的詞彙意義以及後續小句（句組）的關聯詞語來分析「且不說」的連接功能，我們認為，「且不說」是用來引導遞進關係複句偏句的關聯詞語，而不是用來引導讓步關係小句的關聯詞語。「且不說」這類這類關聯詞語還保留一點的詞彙意義，又因為其中的動詞「說」是一個及物動詞，因此它們引導的小句常常形成「且不說」+X這樣的格式，但是有時候X的位置也可能移動到這些關聯詞語前面，形成X+「且不說」格式。文中的例句已經表明了這一點，但是這兩種格式之間是否可以自由變換，還需要進一

步的研究。此外，跟「且不說」類似的關聯詞語還有「不說」、「不算」，它們之間的細微區別也需要更細緻的研究。

參考文獻

呂叔湘主編。2002。現代漢語八百詞（增訂本）〔M〕。北京：商務印書館。

王緗。1985。複句・句群・篇章〔M〕。西安：陝西人民出版社。

邢福義。2002。漢語複句研究〔M〕。北京：商務印書館。

周剛。2002。連詞與相關問題〔M〕。合肥：安微教育出版社。

周靜。2007。現代漢語遞進範疇研究〔M〕。北京：中國傳媒大學出版社。

「我說呢」與「我說嘛」

壹、引言

「說」是常用的言說動詞，跟「我」一起使用時，除了表示言語行為，還可以用以表示「提醒」、「傳達主觀看法」，例如：

(1)〔常，205-9〕[1]

兄弟……我說，你身上倒是有個啥證明沒有？

(2)〔常，205-10〕

我說，還是把小玉另外找個人家，放在家裏是你的禍害。

此外，「我說」還可以表示「明瞭事情發生的原因」，這個時候常常跟「原來」一起使用，形成「我說」＋「原來」的格式。「我說」常常跟「呢」或者「嘛」一起使用，形成「我說呢」與「我說嘛」這樣的詞彙短語。本文主要研究「我說」以及「我說呢／嘛」的意義和用法。

---

[1] 常指常玉鍾主編《口語慣用語功能詞典》，「205」為所引例子出現的頁數，「9」是例子的原編號。下同。

貳、「我說」＋「原來」

「我說」與「原來」一起使用，可以表示說話人「明瞭事情發生的原因」。「我說」後面是發話人注意到的一個事情，「原來」後面表示該事情發生的原因。「我說」跟「原來」合在一起使用，不僅表示發話人明瞭了某一事情發生的原因，而且還暗含了先前發話人不明白事情發生的原因，「我說」表達發話人先前的認知狀態。這裏的「說」並不真正代表言語行為，而是表示一種認知活動，表示一種疑惑或者不理解。在句子構成上往往用疑問結構來表示，如例 3、例 4 中的「怎麼」、例 5 中的「為啥」。

(3)〔北大語料[2]〕

哦，我想起來了，昨天理單的時候有筆賬我沒入過來，我說怎麼就對不上了呢，原來問題出在這兒！

(4)〔北大語料〕

噓……我說你怎麼應付不了她，原來是你看到眼裏了呀？

(5)〔北大語料〕

好哇，我說為啥看不見他，原來在那裏談戀愛哩。

---

[2] 指北京大學漢語語言學研究中心現代漢語語料庫，下同。

參、「我說呢」

在會話活動中「我說呢」出現在三個話輪的序列中。「我說呢」出現在最後一個話輪中。「我說呢」可以單獨使用，也可以跟跟其他的話語一起使用。不過它常常出現在話輪的開端位置。

(6)〔劉，268-1〕

　　甲：這兩天怎麼看不見瑪麗了？

　　乙：你不知道哇？她已經回國了。

　　甲：我說呢！

(7)〔劉，268-2〕

　　甲：你怎麼不走高速公路哇？

　　乙：剛才高速公路上發生了連環追尾事故，現在公路封閉了。

　　甲：我說的呢[3]。

(8)〔常，206-2〕

　　「我看你挺面生。」「我是後調到北方大學的。」「我說呢，不然咱們不會不認識。」

(9)〔高陽，紅頂商人〕

　　「唷！七姐，你倒真開通，有喜的事，也要請教洋大夫。」羅四姐因為七姑奶奶爽朗過人，而且也沒有外人，便開玩笑

---

[3] 按照劉德聯、劉曉雨（2005：267）的看法，「我說的呢」與「我說呢」意義和用法相同。

地問：「莫非你的肚皮都讓洋大夫摸過了。」

「是啊！不摸怎麼曉得胎位正不正？」

原是說笑，不道真有其事；使得羅四姐搗舌不下，而七姑奶奶卻顯得毫不在乎。

「這沒有啥好稀奇的，也沒有啥好難為情的。」「叫我，死都辦不到。」羅四姐不斷搖頭。

「羅四姐！」古應春笑道：「你不要上她的當，她是故意逗你。洋大夫倒是洋大夫，不過是個女的。」

「我說呢！」羅四姐舒了口氣，「洋人那只長滿黑毛、好比熊掌樣的手，摸到你肚皮上，你會不怕？」

上面的例子中例 6、例 7 的第一個話輪採用疑問句的形式，發話人直接提出自己的疑問，聽話人給予回答解釋，最初的發話人用「我說呢」表示明白了事情發生的原因。但第 8 例中並沒有採用疑問句的形式，而是一個陳述句，但是根據聽話人的回答我們看到，聽話人顯然是把它當作一個問題來看待，回答說自己是很晚才到北方大學的，所以跟發話人不認識。因此不管發話人使用什麼話語形式，只要聽話人覺察到發話人話語中的疑問意義的存在，並給予解答，發話人都可以使用「我說呢」來表示自己明白了所問問題的原因。例 9 中羅四姐只是對七姑奶奶的行為表示難以置信，並沒有提出疑問，但顯然在她的腦海中這個疑問是存在的。所以七姑奶奶的丈夫才會主動給出一個解釋：他們請了一個洋大夫檢查胎位，但是這個洋大夫是個女的，而不是羅四姐（或者人們）認為的男的洋大夫。「我說呢」出現的語境可以用下面的序列結構來表示：

第一個位置：我注意到某種事實 Y，我想知道為什麼？

第二個位置：因為 X。

第三個位置：我現在明白某種事實 Y 發生的原因原來是 X。

為了更準確地把握「我說呢」的意義，我們可以把例 6 跟例 10 做一個對比。例 10 是發生在妻子和丈夫之間的對話，平時他們家都是買普通的光明牛奶，但是這天丈夫買回來的卻是高鈣牛奶，於是發生了下面的對話。

(10)〔日常會話記錄〕

A：為什麼買高鈣牛奶？

B：那種牛奶賣完了。

A：嗯。

在話語分析中，有些研究者認為三個話輪的序列才是基本結構形式，他們認為第三話輪的一般功能在於表達對前面交際結果的確認（Tsui，2000：41）。如例 10 中的「嗯」表示提問者收到了答話人的回答，並且對這個回答表示滿意。Heritage（1984）基於對英語中「oh」的研究，認為「oh」的基本功能是表達收到了前一話輪發出的資訊，同時表明自己的認知狀態發生了變化。從這一點來說，我們可以說，例 10 中的「嗯」與例 6 到例 9 中的「我說呢」具有相同的功能，都是表示收到他人提供的資訊，同時表明自己認知狀態的改變。例 10 中的「嗯」也可以用「我說呢」來代替。但是如果用「嗯」或者「哦」之類的詞語來代替「我說呢」似乎又缺少了某些東西。我們認為，使用「我說呢」時發話人除了表明發話人明瞭某事發生的原因之外，還突出了發話人之前的不理解或疑惑狀態，間接地暗示出之前該疑問的不同尋常，之後發話人的疑問得到證實。我們注意到，「我說呢」的後續話語都是跟原來的疑問有

關，似乎都是為了解釋疑問的合理性發出的。例 9 的話語暗示發話人在北方大學工作多年，幾乎認識所有的人；例 10 中羅四姐具體說明自己的疑惑，注意她的話語中對於洋大夫手的描述。因此我們說「我說呢」具有明顯的回指特徵，它不僅表示發話人明白了某事發生的原因，而且回應發話人先前的疑惑，跟其他話語一起補充說明疑惑行為的合理性。在討論合意選擇這一概念時，會話分析學者提到交際者可以對相鄰對子的第一部分進行設計，以得到合意的回應。例如，薩克斯（1987）注意到英語中的附加問句更容易得到肯定的回答。「我說呢」的使用表明，交際者在得到回應之後（即在第三話輪）仍然可以做出事後補償，使自己的行為更易為他人接受和回應。

(11)〔Hutchby and Wooffitt，1999：44〕

Jo: T's-it's a beautiful day out isn't it?

Lee: Yeh it's just gorgeous.

此外，與出現在三話輪中的「嗯／哦」不同，「我說呢」出現在表示原因的話語之後，先前發生的事情及對它的疑惑並不一定出現在表示原因的話語之前，它可能發生在很早以前，交際者利用「我說呢」把它重新引入到當前的敘述中。這時更可以看出「我說呢」的回溯功能。在例 12 中寶康在頒獎儀式結束後發現所謂的作家都是冒名頂替的，他使用「我說呢」表示自己明白了所謂的頒獎是怎麼回事，後續的話語說明自己在頒獎臺上早已感覺到的疑惑。因此「我說呢」使用的典型語境是在發現了某事發生的原因之後。它以及後續的話語表明交際者理解了一個先前感到疑惑的事情。在真實世界中有疑惑的事情發生在先，找到原因在後。但使用「我說呢」來表

達時卻是原因在前，有疑惑的事情在後。「我說呢」具有再次引入某一事實的功能。

> (12)〔王朔，頑主〕
>
> 「真的？真有意思。那你也不是夢蝶了？」寶康問坐在他另一邊的丁小魯。
>
> 「不是。」
>
> 「我說呢，我在臺上還納悶呢，夢蝶怎麼換模樣了，我記錯了？別露怯。」
>
> 「這可不怪我們，是于觀幹的好事，要算帳找他算。」

肆、我說嘛

從例 13 來看，「我說嘛」出現的語境與「我說呢」完全相同。按照我們的語感，例 13 中的「我說嘛」若換成「我說呢」也是成立的。那麼使用「嘛」與使用「呢」到底有什麼區別呢？按照屈承熹（2006：118）的研究，「在語用上，『嘛』表示說話人／作者想讓聽話人／讀者接受他／她所陳述的事實……這是『嘛』的表執著功能。」根據我們對「我說呢」的分析，我們認為，發話人使用「嘛」表示他對自己疑問的合理性抱有更高的確信程度，如例 13。但在例 14 中情形稍有不同，威爾金森小姐詢問菲力浦在海德堡有沒有豔遇，菲力浦回答沒有，但威爾金森不相信。在進一步追問的過程中，威爾金森發現菲力浦臉變紅了，她便使用「我說嘛」來結束這一交際活動。這裏所呈現的並不是我們前文提到的事實與原因的關係，而是一種推測與證據的關係。在這種語境中，「我說嘛」一方面表示在

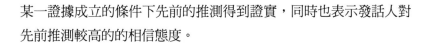

某一證據成立的條件下先前的推測得到證實，同時也表示發話人對先前推測較高的的相信態度。

(13)〔劉，267-1〕

　　A：今天你的房間怎麼這麼乾淨啊？

　　B：今天學校檢查宿舍衛生。

　　A：我說嘛，平時你哪兒打掃過宿舍衛生哪。

(14)〔毛姆，人性的枷鎖〕

　　接著，她又打趣地問他在海德堡時可有過什麼豔遇。菲力浦不假思索直言相告：「福分太淺，一事無成。」但威爾金森小姐就是不相信。

　　「你嘴巴真緊！」她又說，「在你這種年紀，怎麼可能呢？」菲力浦雙頰刷地紅了，哈哈一笑。

　　「啊，你打聽的事未免了點，」他說。

　　「哈哈，我說嘛，」威爾金森小姐得意洋洋地笑了起來，「瞧你臉都紅啦。」

伍、小結

　　本文首先分析了「我說」與「原來」一起使用表示「明瞭事情發生的原因」這一用法，指出「我說」具有標引先前出現的事件的功能。然後具體討論了「我說呢」與「我說嘛」的意義和用法。「我說呢」常常出現在三話輪序列的最後一個話輪，除了表示「明瞭事情發生的原因」，還可以間接地表示發話人的疑惑得到了證實。「我

說嘛」出現在類似的語境，區別在於發話人對原有的疑問抱有更高的相信態度。「我說嘛」有時表示發話人原來的猜測得到了證實。

參考文獻

常玉鍾主編。1993。口語慣用語功能詞典〔M〕。北京：北京語言學院出版社。

劉德聯、劉曉雨編著。2005。漢語口語常有句式例解〔M〕。北京：北京大學出版社。

屈承熹著，潘文國等譯。2006。漢語篇章語法〔M〕。北京：北京語言大學出版社。

Heritage, J. 1984. A change-of-state token and aspects of its sequential placement[C]// J. M. Atkinson & J. Heritage (Ed.). Structures of Social Action. Cambridge: Cambridge University Press.

Hutchby, I. and Wooffitt, R. 1999. Conversation analysis: principles, practices, and applications[M]. Cambridge: Polity Press.

Sacks, H. 1995. Lectures on conversation[M] (Volumes I & II). Oxford: Blackwell,

Tsui, A. B. M. 2000. English Conversation[M]. Shanghai: Shanghai Foreign Language Education Press.

「這麼說」的幾種意義

壹、引言

「這麼」是一個常用的指示代詞，可以用來指示方式。它跟「說」一起使用的概率很高，使得「這麼說」具有了一定程度的凝固性。本文研究「這麼說」作為一個相對固定的結構的幾種常用意義和用法。所利用的例證主要取自北京大學漢語語言學研究中心現代漢語語料庫（http://ccl.pku.edu.cn/Yuliao-Contents.Asp），例子後面的數字代表網上查詢所得例證的序號。

貳、「這麼說」用於指代和評論上一個發話人的話語

由於「說」可以用來表示言語行為，「這麼」可以用來回指較近的方式或行為，「這麼說」的一種常用用法就是用在上一個發話人的話語之後，對其言語行為本身進行評論，常用的格式為：不能／別＋這麼說。同時「能／敢／要」不同助動詞的使用，表明了發話人不同的情感態度。除了表示不能接受／承受對方的說法以外，這種方式還可以用來表示糾正對方或自己前面的表達，如例 5 中「不是

這麼說」，跟後面的「我是說」配合起來，用來糾正自己的話語，提供更準確的表達。當然，由於「這麼說」的前指性質，人們還可以在後續的話語中直接對前一個發話人的話語（用「這麼說」來指代）進行評說或評論，如例 6、例 7。

(1) 話可不敢這麼說，馬老五哈哈笑起來，朱縣長屈尊降貴來到咱這裏，這是咱的福分啊！（136）

(2) 千萬可別這麼說，咱們軍民是一家。（471）

(3) 這話不能這麼說，弟兄們！（474）

(4) 吳老，您不要這麼說，這麼說我心裏難受。（483）

(5) 湯阿英感到張小玲說的這些消息都很新鮮，關懷地問：「小玲，你連蘇聯的工人生活都瞭解，從啥地方聽來的？靠得住嗎？」

「怎麼靠不住？我還會在你面前造謠嗎？」

「不是這麼說，」湯阿英搖搖手，更正道，「我是說，我為啥不曉得呢？」

「我也是聽人家說的，多參加一些政治活動，懂的事體就多。」（526）

(6) 你們這麼說，是不符合事實的。（192）

(7) 老袁，你這麼說，倒叫我心裏不安。（480）

參、「這麼說」用於表達發話人的態度

上文所討論的「這麼說」是用來前指的，但是「這麼說」可以用來後指，引出發話人想要表達的命題。在「這麼說」前面可以由「可以／應該／有人／大家」等等成分進行限制。一種常見的格式為：（至少／完全／大概／也許）+可以+這麼說+S。這種格式用於表達發話人對 S 所表達的命題的肯定態度。這種句式中沒有出現所謂的主語，句子的主語就是說話人或寫作者本人。在政論文或學術論文中這是寫作者表達自己態度的一種常用格式。「可以」前面出現的副詞用來強化或弱化作者的態度。有時候作者可以用疑問的形式來表達作者不確定的態度，如例 12、例 13 中的「是否」、「是不是」。

(8) 可以這麼說，毛澤東的詩詞風格，有的豪放，有的婉約。（15）

(9) 完全可以這麼說，是銷售促進了生產。（85）

(10) 不妨這麼說，戰爭是政治失敗的無奈手段，政治成功的話，其標誌之一就是避免戰爭。（314）

(11) 縱觀形勢，大概可以這麼說，「複關」對照相器材的影響早在 80 年代就顯現了。（206）

(12) 縱觀西菜市場的興衰，是否可以這麼說，經營者必須分析消費心理，「審時度勢」。（166）

(13) 是不是可以這麼說，企業兼併與收購公司在「兩個中心」中起著聯接作用？（201）

另外一種格式是在「這麼說」前面出現了「有人、大家（都）、報紙上」都表示消息來源的成分，整個格式用來轉述他人或他處的消息。這當然也可以看作是表達說話人態度的一種方式，只不過此時說話人要表達的是中立的態度。

(14) 有人這麼說，個體、私營經濟異常活躍的浙江省溫州經濟強人多。（49）

(15) 大家這麼說，電臺裏也這麼說：請聽「陳少華的《九月九的酒》」。（324）

肆、「這麼說」標示推斷

在對話中，「這麼說」可以用在發話人的話語之後，自己的話語之前。由於「這麼說」具有的指代作用，可以用來代替前面的話語，它與「這麼說」後面的話語之間形成了一種因果關係。「這麼說」在此的功能在於標示這種因果關係，更具體地說，在於標示說話人的話語是基於前面發話人的話語所作的一種推斷。這種推斷可以基於前面發話人的某一個話輪，也可以基於「這麼說」之前交際雙方相當複雜的會話活動。在例 16 中，她對我發問：為什麼我覺得你好像是另一個人呢？雖然是一個問句，但是包含著一個命題：你像另外一個人。我根據這句話的字面意義，開玩笑地做出了一個推斷：這個世界上還有一個人跟我長得很像。我之所以能做出這樣的結論，是利用了她所說的話語的意義及有關的語言學知識。「這麼說」表明了，我的結論是根據她的話語推斷出來的，雖然我是有意歪曲了她

的話語。因此，在這個例子中，說話人做出推斷只是根據前一個發話人剛剛發出的話語，而不涉及其他更多的話語，也不涉及其他的百科知識。而在例17中，王新英告訴平海燕如何縮小範圍，尋找失去多年的媽媽，在這種情況下，王新英發問「這麼說，有希望？有希望？」她的這一推斷並不僅僅是根據平海燕剛剛說過的話，而是根據她跟王新英整個的交談（如何一步步縮小範圍）做出的。因此，我們可以說，「這麼說」標示推斷既可以在局部的話語語境中發揮作用，也可以在較大的話語範圍內發揮作用。

(16)「我只是想不通。」她在幾千里以外對我說。

「我來幫你分析分析。」我像個半瓶子醋政委熱心地對著話筒說，「什麼問題搞不通？」

「你。」

「我？」

「為什麼我覺得你好像是另一個人呢？」這真叫人噁心！

「這麼說，還有一個長得和我很像的人嘍。」

「別開玩笑，跟你說正經的呢。你跟過去大不一樣。」

「過去我什麼樣？」我茫然地問「三隻眼？」

（王朔《空中小姐》）

(17)王新英：對！有人說叫這個名字的多得很，不好找。你看呢？

平海燕：那也沒什麼。你今年……

王新英：二十歲。自幼失學，所以到現在還在中學裏。

平海燕：你看，你二十，媽媽必定是四十以上的人，這就可以把許多許多王桂珍減下去了，太老太小都不合格呀，不是嗎？

沈維義：新英，你看，他們多麼有辦法！

平海燕：媽媽是北京人？

王新英：對！

平海燕：好！這又可以把從外鄉來的王桂珍都減了去！

王新英：這麼說，有希望？有希望？

沈維義：動腦筋，有熱情，什麼事都有成功的希望！

平海燕：是呀，我們要用你的感情去作這個工作，就好比
　　　　我正找自己的媽媽、姐姐！

王新英：我相信你！可是，告訴我一句話，到底能找到不
　　　　能？別讓我老這麼冷一陣熱一陣的！

沈維義：新英，你又忘了控制自己！

（老舍《全家福》）

　　無論根據局部的話語或者是更大範圍的話語進行推斷，發話人推斷的內容都可以細分為兩種，一種是對話語本身意義的推斷，二是以相關話語為前提，推導出新的資訊。所謂對話語意義本身的推斷，指的是說話人在前面的話語中並沒有明確地說出來某種意義，但是推斷者根據發話人的話語本身，並結合有關百科知識，推斷出說話人可能包含了這樣的意義，或者要想實行某種行為。在例 18 中，吳迪問我對昨天讀書演講會的看法，我表達了自己的看法。在我的看法中，我認為應該自己看書來學習知識，並認為那些演講者自己不懂而教訓別人是可惡的。吳迪因此推斷說，我肯定是「自己看書，自己尋找真理」。我的觀點中表面上並沒有表達這樣的意思，但是按照常理，應該包含這樣的意義。在例 19 中，我們可以假設 B 詢問 A 去不去參加某項活動，A 的話語表面上並沒有說不去參加，但是根

據日常生活的邏輯，人們能夠推斷出 A 不參加。B 用「這麼說」來進一步確定 A 話語的意義，或者說 A 表達拒絕的行為。我們注意到，由於這種意義是「這麼說」的使用者推斷出來的，推斷者往往使用疑問的方式表達出來，請發出前面話語的人最終確定。當然，前一個發話人也可以否定包含這樣的意義，如例 18。

(18)我們笑了一陣，聊起別的。吳迪問我：「昨天的讀書演講會你是不是覺得特惡劣？」

「那倒沒有。」我喝了口酒說，「道理能牛成那樣，也就不錯了。」

「我看你昨天完全是一副輕蔑嘲笑的樣子。」

「我只是覺得你們大學生喜好這套有點低級，想瞭解什麼，自己找書看不就行了。而且這幾位演講者的教師爺口吻，我一聽就膩。誰比誰傻多少？怎麼讀書，怎麼戀愛，你他媽管著嗎！自己包皮還沒割，就教起別人來了。」

「這麼說，您是自己看書，自己尋找真理了。」

「錯了。」我嬉皮笑臉地說，「我是壓根兒就不從書中學道理、長學問的人。活著嘛，幹嗎不活得自在點。開開心，受受罪，哭一哭，笑一笑，隨心所欲一點。總比埋在書中世界慨然浩歎，羨慕他人命運好。主人翁嘛。」

（王朔《一半是海水，一半是火焰》）

(19)A 今天我身體不舒服。

B 這麼說，你不能和我們一起去了，是嗎？（徐晶凝，例 1）

第二種推導有些類似邏輯上的三段論推理，利用大前提和小前提推導出新的結論。在例 20 中，曾思懿曾經打算把愫小姐介紹給袁

先生做妻子，現在瞭解到袁先生已經有了未婚妻，因此曾思懿幸災樂禍地說了一句：我們的愫小姐這次又──。如果寫成三段論的形式則變為：有未婚妻的男人不能再娶另一位女子為妻（大前提）；袁先生已經有了未婚妻（小前提），因此：袁先生不能娶愫小姐為妻（愫小姐這次又要落空）。由於在日常會話中大前提往往是省略或者隱含的，因此使用「這麼說」進行推斷，表面上看起來好像是只是根據所謂的小前提進行的一種推斷。由於大前提的不同，根據相同的小前提可以得出不同的結論。但是我們知道，會話活動一方面是建構語境的過程，所建構的語境又同時影響了話語活動進一步的發展，因此，當發話人在特定的語境中根據一個新的資訊進行推斷時，他實際上是在表達自己對此資訊在此語境中可能具有的意義或意味的一種推測。推斷者通過與一定的前提相連接，側重表達此資訊對自己意味著什麼，而不是客觀地進行邏輯推理。例 20 中的曾思懿對一直生活在自己家中且與自己丈夫不明不白的愫小姐內心十分厭惡，本來打算把愫小姐介紹給袁先生，在得知袁先生已經有未婚妻之後，首先把這件事與愫小姐聯繫了起來，說出那樣幸災樂禍的話。袁先生有未婚妻及他不能娶愫小姐當然是客觀的事實，但是通過「這麼說」把它們聯繫起來，使後者成為當前談話的重點，卻是曾思懿主動的行為。因此可以說，在進行推斷時，交際者可以通過「這麼說」引出新的資訊或交談的重點。

(20)曾文清：（讀完信長歎一聲）唉。

曾思懿：怎麼？

曾文清：（遞信給她）袁先生說他的未婚妻就要到。

曾思懿：他有未婚妻？

曾文清：嗯，他請你替他找所好房子。

曾思懿：（讀完，嘲諷地）哼，這麼說，我們的愫小姐這
　　　　次又——

（曹禺《北京人》）

　　第二種推斷往往引出新的資訊，導致交談話題的轉移。這一點
與第一種推斷明顯不同，第一種推斷用來推測說話人話語本身的意
義，用來請求發話人的確認，因此並沒有改變或轉移話題的功能。
我們發現，這種用法的「這麼說」往往用在話題發生分離或者話題
被打斷之後重新回到原來的話題時。例 21 中，高大嫂表示願意參加
義和團，她用「你敢闖，我就敢闖，別看我是女人」來表示自己的
決心。正是女人這個話題引起了她跟高永義的爭議。在爭議結束之
後，高永義用「這麼說」回到原來的話題。在例 22 中，在會話的開
頭，繁漪從四鳳的口中得知，大少爺手下的人忙著跟他撿衣裳。在
經過很長時間的關於其他話題的交談之後，繁漪用「這麼說，他在
這幾天就走」回到原來關於大少爺離開的話題上面。

(21) 高大嫂：這麼一說，事情可就鬧大了去啦？

　　高永義：要闖禍，就闖大著點！糖豆大酸棗什麼的成不了
　　　　　　氣候！

　　高大嫂：好吧，一不作，二不休！說吧，叫我幹什麼？你
　　　　　　敢闖，我就敢闖，別看我是個女人！

　　高永義：可壞就壞在你是女的！大嫂！

　　高大嫂：怎麼？屈死的是我的老伴兒，孩子，我怎麼就不
　　　　　　該報仇？

高永義：我們練團，得躲著女的，女人是陰氣！陰氣一沖，
　　　　法術就不靈了！

高大嫂：陰氣？哪個男人不是媽媽生的？說！自從我到高
　　　　家門兒來，屋裏地裏，哪兒沒有我動手幹活兒？
　　　　陰氣？怎麼我種的地一樣長莊稼呢？說！

高永義：大嫂！這麼說，你真敢幹？

高大嫂：敢！一塊兒幹！

（老舍《神拳》）

(22) 繁：怎麼這兩天沒有見著大少爺？

　　四：大概是很忙。

　　繁：聽說他也要到礦上去是麼？

　　四：我不知道。

　　繁：你沒有聽見說麼？

　　四：倒是伺候大少爺的下人盡忙著跟他撿衣裳。

　　繁：你父親幹什麼呢？

　　四：大概跟老爺買檀香去啦。──他說，他問太太的病。

　　繁：他倒是惦記著我。(停一下忽然)他現在還沒有起來麼？

　　四：誰？

　　繁：（沒有想到四鳳這樣問，忙收斂一下）嗯，──自然
　　　　是大少爺。

　　四：我不知道。

　　繁：（看了她一眼）嗯？

　　四：這一早晨我沒有見著他。

　　繁：他昨天晚上什麼時候回來的？

　　四：（紅面）您想，我每天晚上總是回家睡覺，我怎麼知道。

繁：（不自主地，尖酸）哦，你每天晚上回家睡！（覺得失言）老爺回家，家裏沒有人會伺候他，你怎麼天天要回家呢？

四：太太，不是您吩咐過，叫我回家去睡麼？

繁：那時是老爺不在家。

四：我怕老爺念經吃素，不喜歡我們伺候他，聽說老爺一句是討厭女人家的。

繁：哦，（看四鳳，想著自己的經歷）嗯，（低語）難說的很。（忽而抬起頭來，眼睛張開）這麼說，他在這幾天就走，究竟到什麼地方去呢？

四：（膽怯地）你說的是大少爺？

繁：（斜看著四鳳）嗯！

四：我沒聽見。（囁嚅地）他，他總是兩三點鐘回家，我早晨像是聽見我父親叨叨說下半夜跟他開的門來著。

繁：他又喝醉了麼？

四：我不清楚。──（想找一個新題目）太太，您吃藥吧。

（曹禺《雷雨》）

　　總之，「這麼說」作為表示推斷的話語標記，既可以在局部語境中起作用，也可以在更大的語境中起作用。它既可以用來推斷說話人話語本身的意義，也可以把特定新資訊作為前提，推斷出相關的另一新資訊。前者不改變原來的話題，後者則可能改變原來的話題。因此，「這麼說」是一個表明說話人對會話活動的理解以及達到相互理解的重要手段。

參考文獻

徐晶凝。1998。「這麼說」試析〔J〕。漢語學習，（4）。

編輯插語「怎麼說呢」

壹、引言

　　人們的言語交際往往不是完美無缺的，而是充滿了各種失誤，如停頓、重複、詞不達意、不完整的表達等等。儘管如此，人們還是能夠較順利地完成交流的任務。這是因為在交際時人們總是很留意自己的表達，一旦發現不妥之處，通常會採取一定的方法進行補救。這個過程被稱為自我監察，又稱為自我糾正（self-repair）。研究者發現，自我監察一般包括三個部分：首先是發現言語失誤，自行打斷說話；然後可能使用一些表示正在編輯的插入語，可稱作編輯插語（editing expression），如「不是」、「對不起」等；最後是進行補救的話語（桂詩春，2000：533）。雖然自我監察或自我糾正是由發話人獨自進行的，但是聽話人的作用也是不可忽視的。編輯插語的主要目的就是向聽話人表明發話人遇到了何種困難，幫助聽話人更好地理解經過編輯的言語。研究者發現，不同的編輯插語所起的作用也是不同的。如 Dubois（1974）的研究表明，短語「that is」的典型用法是說明潛在的歧義的指稱，「rather」則用於區分細微的差別，「I mean」用來糾正真正的失誤（桂詩春，2000：534）。

本文研究漢語口語中的一個編輯短語「怎麼說呢」。在例 1 中發話人在說出「這是一個」之後停頓了下來，插入「怎麼說呢」，接著用「非常有爭議的女性」來完成「這是一個」所開始的小句。發話人之所以等頓下來，是因為他需要尋找一個恰當的表達形式來描述所介紹的那位女性。所利用的語料來自中國傳媒大學傳媒語言文本語料庫（簡稱傳媒語料）（http://ling.cuc.edu.cn/ylk/），對其中個別的錯誤進行了修改。

(1)〔傳媒語料-1〕

最後這張，和小孩子隔著玻璃說話的女演員，有的人可能認識，這是一個，怎麼說呢，非常有爭議的女性。因為關於她的話題有許多是兒童不宜的。

根據「怎麼說呢」在不同語境中的位置以及所起的作用我們把「怎麼說呢」的用法分為兩類。第一，「怎麼說呢」用於尋找後續的恰當表達形式；第二，「怎麼說呢」用於對已經發出的話語進行解釋說明。

貳、「怎麼說呢」用於尋找一個恰當表達形式

一、「怎麼說呢」出現在小句內

在完成一個小句的過程中，發話人在說出部分言語後停頓下來，使用「怎麼說呢」來告訴聽話人他需要一些時間來尋找一個（更恰當的）表達方式來接續前面的話語。出現在「怎麼說呢」前後的

言語連接起來可以構成合乎語法規則的語句。例 2 中的句子如果刪除「怎麼說呢」以及其後的填充成分「就是」，可以形成「本來是大家可以頤養天年」這樣一個小句。當然「怎麼說」前後的話語形成合乎語法的句子還需要進行其他一些加工，如除了刪除「怎麼說呢」，還要刪除其他合用的填充成分，如例 2 中的「就是」，例 3 中的「這個」等等。此外，還要刪除「怎麼說呢」後面話語中與前面話語中重複的成分，如例 4 中的「我是一個」。更重要的是，既然發話人停頓下來的目的是尋找更恰當的表達方式，發話人還可以在所找出的恰當的表達形式之前加入其他語句，對自己的話語進行評論，如例 5 中的「真是像我說的」，用來強調話語的真實性；例 6 中的「說好聽一點／說不好聽點就是」，用來說明發話者的態度。這些插入語句本身也阻斷了發話人所欲使用的小句的完整，在討論小句的合法性時也應該把這些插入語句暫時懸置起來，或者移位到小句的前面。最後一個例子很值得注意，發話人在「怎麼說呢」後添上「涉嫌」一詞後，發覺「我感覺是不是有點涉嫌」這個表達方式仍然有問題，是一個不合法的語句，於是改為「就是有點目的性不純了」這樣一個更清楚的表達方式。

(2)〔傳媒語料-2〕

　　本來是，大家可以，怎麼說呢，就是可以頤養天年，然後可以共用天倫之樂這樣子，但是現在不行了，沒有這個機會了。

(3)〔傳媒語料-3〕

　　對，切尼這個怎麼說呢？影響力在下降。

(4)〔傳媒語料-4〕

　　原因有一個，因為我是一個怎麼說呢，我是一個熱血青年吧，在年輕的時候。

(5)〔傳媒語料-5〕

按照正常的他都應該是高二的歲數了,他還是這個樣子,好像怎麼說呢,真是像我說的,真是沒有心肝一樣的,沒有心一樣的。

(6)〔傳媒語料-6〕

這個事情我可以理解,但是生活上還有別的很多事情,她都是這樣做的,這是讓我不可理解的,比如說平時的購物,平時的生活,我是怎麼說呢,說好聽一點是惜物的情感,說不好聽點,就是有點摳門,只能這樣說,但她不一樣,她就追求的最好的那樣的。

(7)〔傳媒語料-7〕

如果他們再往下走的話,我感覺是不是有點說,怎麼說呢?涉嫌,就是有點目的性不純了。是不是?

二、「怎麼說呢」出現在複句內

發話人說出複句的前一個分句後及後一個分句的關聯詞語後停下來,在「怎麼說呢」之後說出複句的後半部分。在我們的語料中,「怎麼說呢」多出現在表示因果關係的「因為」或「所以」與表示轉折關係的「但是」之後。例如:

(8)〔傳媒語料-8〕

我就很猶豫,到底要不要去見他,因為怎麼說呢,他好像是專程來看我,如果去看他的話呢,也是很矛盾。

(9) 〔傳媒語料-9〕

當時我聽說鍋更加大吃一驚，因為怎麼說呢，太多了，普通的人一聽耳熟能詳的，好像沒有什麼科技含量在這裏邊，任何一個人出來，弄按兩個鐵片子敲敲就成為一個鍋了。

(10) 〔傳媒語料-10〕

剛才他們說也是韓國人的性格實際上有一點急，所以我也是經常談判的時候，韓國經商們來說我們先說出我自己的價格，自己的想法，也是我們先這樣，所以怎麼說呢對方來說韓國人的很多的一個資訊，他們先知道。

(11) 〔傳媒語料-11〕

有兩個朋友關係比較好，怎麼說，心裏的事偶爾也能跟他們說說，但是怎麼說呢，在朋友眼裏我不是這樣的。

(12) 〔傳媒語料-12〕

他們是挽留，但是怎麼說呢，當時來講，那邊的條件太好，吸引我去。

三、「怎麼說呢」出現在一段話語的開端位置，特別是答話的開端

在一段話語的開端，發話人可能對說什麼以及怎麼說還沒有完全計畫好，因此需要更多的時間來組織語言。出現在答語開頭的「怎麼說呢」所起的作用正是如此。有時由於提問者所提的問題可能屬於難以回答的問題，答話人就需要更多的時間來選擇合適的回答。

(13)〔傳媒語料-13〕

　　A：怎麼著？您這配方還保密呀？

　　B：怎麼說呢，我現在研究出來，申報專利了。

(14)〔傳媒語料-14〕

　　A：像你這樣開（非法）診所的人多嗎？

　　B：怎麼說呢？可以說多得不得了，反正我知道我們那邊有
　　　　十幾個。

(15)〔傳媒語料-15〕

　　主持人：因為你不是說就為了嫦娥一號，可能在其他的衛星
　　　　　　發射過程當中，也同樣是這樣艱辛，付出了很多的
　　　　　　心血和汗水。究竟你們從事這個行業，就是為什麼
　　　　　　這麼投入？覺得是熱愛這個工作嗎？

　　王勁榕：我覺得這個就是怎麼說呢，以前我們五院有一句話
　　　　　　叫，生命因奮鬥而精采，使命因艱巨而光榮，我覺
　　　　　　得這句話就是很能概括我們的這個工作和我們的
　　　　　　這個幾種精神。就是每次聽到這句話的時候，我都
　　　　　　覺得很感動。我們的生活和工作就是這樣子。

四、小結

　　可以看出，無論出現在話語的哪種位置，第一種類型的「怎麼
說呢」的主要功能是爭取更多的時間來尋找一個恰當的言語表達方
式，繼續已經發出的話語。「怎麼說呢」可以出現在小句內，用來尋
找一個句子成分完成一個小句；「怎麼說呢」可以出現在某些關聯詞

語後，用來尋找另一個分句來完成一個完整的複句；「怎麼說呢」可以出現在一段話語的開端，特別是答語的開始位置，用來爭取更多的時間來組織語言。「怎麼說呢」的使用表明，發話人有時僅僅是尋找一個可用的言語表達，有時則是為了尋找一個更恰當的表達方式。無論出現在哪種語境中，「怎麼說呢」前面的話語都沒有什麼問題，發話人停頓下來是為了解決後面怎麼繼續的問題。但是在第二種類型的語境中，「怎麼說呢」所起的作用卻與此不同。

參、「怎麼說呢」用於對已經發出的話語進行解釋說明

一、放棄前面的話語，重新進行組織

發話人在完成一部分話語後，發覺按照目前的方式繼續下去不能很好地表達自己的意圖，於是放棄前面的話語，使用新的表達方式重新進行表達。雖然「怎麼說呢」之前的話語被發話人放棄，但是根據發話人已經完成的部分，我們對發話人的意圖仍然可以有一定程度的瞭解。相對於「怎麼說呢」之前的話語，「怎麼說呢」之後的話語更清楚地傳達出發話人的意圖，可以把它看作是對「怎麼說」之前話語的解釋說明，或者僅僅是一種重述。在例 16 中，發話人在說出「我覺得我內心」之後停頓下來，用「怎麼說呢」來引發補救，但是結果是放棄了已經開始的這一部分話語，選擇重新開始構造新的語句「我自己無法原諒我自己」，從這個小句我們可以推測出也許發話人本來想說諸如「我覺得我內心不安」之類的話語，但是覺得

這樣的表述無法準確地轉達自己的意圖，於是採用了新的一種表達方式。在例 17 中一位父親跟妻子在如何教育孩子方面發生了分歧，發話人在講述中對比了他們兩人教育孩子時的不同表現，注意在「怎麼說呢」之前是先敘述我怎麼做，然後敘述她的妻子怎麼做。在「她管孩子我始終」之後如果加上一個謂詞性成分，該小句乃至整段話就可以結束了。但是這位父親卻在「我始終」之後停了下來，在「怎麼說呢」之後重新組織語言，這次是把「她」放在前面，自己放在後面，也許發話人覺得這樣才能更準確地轉達自己對妻子行為的不滿。有時候，發話人前面的話語似乎並沒有什麼不妥，在「怎麼說呢」之後，發話人也沒有對前面的話語進行更多的修改，似乎只是是對其前面的話語進行了重述。例 18 中「怎麼說呢」前後的話語中出現了很多重複的內容，如「自己去體會」與「靠他自己悟」，「你過多地給他」與「你過多地告訴」。但是總的來說，發話人停頓下來，對自己的話語進行重新組織，其根本的目的還是為了更好地傳達自己的交際意圖，實現自己的交際目的。在例 19 中，如果發話人繼續已經開始的話語，按照「而且以前從來沒有那種體驗」這樣的方式完成已開始的話語，則顯得十分平淡無奇，沒有感染力。在發話人重新構造的敘述中，發話人加入了許多新的資訊：自己第一次當新娘、新郎對自己深情歌唱等等，順利地把這些重要的資訊傳達給聽話人。

(16)〔傳媒語料-16〕

我壓力也很大，也很內疚，事情全部出來之後，瞭解了這個事情的嚴重性了，我覺得我是確實做錯了，他們就算不說，我覺得我內心，怎麼說呢，我自己無法原諒我自己。

(17)〔傳媒語料-17〕

我的感覺就是這樣，我只要管孩子她總是在旁邊說一些問題，然後她管孩子我始終，怎麼說呢，她怎麼管，我就順著她怎麼說，但是我管孩子不行。

(18)〔傳媒語料-18〕

我覺得，本身磨刀這個東西就是自己去體會，去操作的一個實踐性很強的東西，你過多地去給他一些，怎麼說呢，因為有一些東西靠他自己悟的，你過多地告訴一些東西他還是不明白，他還會回來問你。

(19)〔傳媒語料-19〕

因為我們的主題就是燭光婚禮，我們在親朋好友的目光注視下和祝福下我們一步一步的走到主席臺，而且以前從來沒有那種，怎麼說呢 ，因為當時是新娘嗎 所以心情和平時肯定是不一樣的，包括第一次，自己心愛的人對著自己那麼深情的唱歌，我就是從來都沒有當著親朋好友那麼感動過，感情那麼外露過，但當時真的感動的我熱淚盈眶，感覺和我丈夫的心從來沒有那麼貼近過。

二、在已完成的話語之後，增添新的解釋說明

在這種語境下，發話人已經完成的話語按照語法的標準並沒有什麼錯誤，但是發話人覺得自己的表達在某些方面還不是很清楚、很完美，因此在「怎麼說呢」之後再添加一些話語，對前面的話語進行補充、解釋等。例如，在例20中發話人說自己還有希望，因為

他的心中有一顆星，這樣的說法本來也沒有什麼錯，但是也許發話
人覺得這個比喻過於突兀，於是重新解釋說，「我心中有一個榜樣」。
在例 21 中心理專家對家長說應該多給孩子一定的空間，他認為有時
候爸爸媽媽的愛實際上是在傷害孩子。這個表述對於心理專家來說
沒有什麼問題，但是對於一般的父母來說可能會難以理解，因此發
話人在「怎麼說呢」之後進行了解釋說明，為什麼愛孩子可能是傷
害孩子。同樣在例 22 中，發話人在回答問題時先說她的丈夫沒有對
她親熱的欲望，但是馬上又予以否定「我也不能這樣說」，這樣她的
回答就顯得自相矛盾。於是她使用「怎麼說呢」進行了解釋說明，
消除了自己答話中的矛盾。例 23 也是出於同樣的目的，只不過出現
在對話語體中。小峰交了許多女朋友，其中有一個原因他說是因為
他如果有心事跟自己的朋友也很少說。主持人就問他，有心事為什
麼不跟朋友講，是否有什麼顧慮。小峰回答：沒有什麼顧慮。注意
在回答沒有顧慮之後，小峰又說：怎麼說呢，什麼事反正我都不跟
朋友說。我們認為，小峰之所以添加這些解釋，是因為他也意識到
了如果按照他的回答（沒有顧慮），順著主持人的思路推理，就可能
得出「有心事應該跟朋友講」的結論來，這跟他前面的陳述形成了
矛盾。因此他需要進行解釋說明，雖然他的解釋並沒有很好地消除
這個矛盾，他只是重述了或者說強調了一下自己的觀點（注意「反
正」一詞的使用）。

　　但對「解釋」我們不能僅做狹義的理解，也可以做廣義的理解。
例 24～27 中的「怎麼說呢」也是用來表明發話人試圖對前面的話語
進行解釋說明，但其明顯程度則不如例 20～23。在例 24 中專家告
誡家長要讓孩子獨立承擔一些責任，他舉孩子迷路來說明這一觀
點。他舉例說，如果一個五歲的孩子迷了路，爸爸媽媽應該怎麼做

呢，他主張爸爸媽媽不要去。但是這樣說並沒有確切地告訴爸爸媽媽怎麼做，也無法有力地闡述他的觀點。於是在「怎麼說呢」（同時還使用了「就是」）之後，專家進一步說明家長可以在一邊觀察孩子的反應。我們可以把這個例子看作是從籠統到具體的解釋。例 25 中一些企業老總在討論京商和滬商的優劣，這段話出現時，主持人請各位老總寫下來他們認為滬商適合做哪種生意。發話人本身是一位滬商，他認為滬商適合做服務業，因為上海人很盡職。這樣表達按說已經很清楚了，但是發話人卻使用「就是說」試圖添加一些話語，在使用「怎麼說呢」之後說出的卻是「這可能是海派文化吧」。如何理解這句話與前面話語的關係？我們認為，仍然可以把它看作是對前面話語的一種解釋，只不過這次卻是更加抽象、概括了，發話人把上海人做服務業看作是一種海派文化的體現。例 26 中，發話人想告訴聽話人他崇拜的偶像是周恩來。開始發話人講述了他小時候經歷的事：他父親的單位有一顆周總理栽種的樹。在敘述完之後，發話人用「怎麼說呢」來總結這件事對他的影響：因為他崇拜他的父親，他父親崇拜周總理，他也就崇拜上了周總理。在這個例子中「怎麼說呢」出現在事件和事件的意義之間，我們認為這也是一種解釋關係。例 27 可以做類似的分析，一位污染企業的老總在媒體上向公眾道歉，因此面臨很多的壓力。他首先敘述向公眾道歉後發生的事情，很多部門和朋友給他打電話，然後使用「怎麼說呢」對這一境況進行概括。

(20)〔傳媒語料-20〕

　　　還有希望，為什麼，因為我總有一個目標，因為我心中，
　　　我心中有一顆星怎麼說呢，有一個榜樣。

(21)〔傳媒語料-21〕

　　因為很多爸爸媽媽對孩子的愛實際上是在傷害孩子，怎麼說呢，天天都跟孩子在一塊，天天都在決定孩子該怎麼樣，不該怎麼樣，結果孩子沒有成長的空間。

(22)〔傳媒語料-22〕

　　我就覺得他沒有這種感覺，我也不能這樣說，怎麼說呢，他剛開始的時候他會有，但是大概經過那兩件事之後是我主動多些了，生活中的你說擁抱啊，這種。

(23)〔傳媒語料-23〕

　　小　　峰：因為我的心裏的事跟我朋友也很少說。

　　主持人：跟朋友為什麼不能說呢，你擔心什麼？或者是有什麼顧慮？

　　小　　峰：我一般什麼事也不顧慮，怎麼說呢，什麼事反正我都不跟朋友說。

(24)〔傳媒語料-24〕

　　因為有些時候孩子的成長，他需要獨立來承擔一些責任，哪怕迷了路，你看看假設一個五歲的孩子迷了路，爸爸媽媽怎麼辦，爸爸媽媽不要去，怎麼說呢就是最好就是可以在那兒看觀察孩子迷路以後的反應，那麼一般五六歲的孩子會找家對吧，甚至於會去找員警叔叔，或者他會在那個地方等，在哪個地方走失的他會在那兒等，等等，有些時候就是說對一個孩子的教育不一定要去找到責任，而是說每一事件的發生對孩子都是重要的，你比如說去井裏，掉到井裏他爬起來，而且自己爬起來，那這件事情應該給浩然一個非常強烈的表揚，我們應該先不要去怪誰。

(25)〔傳媒語料-25〕

我作為上海人我倒覺得，北京人這樣呢，他是賺大錢，說的人賺大錢，算的人賺小錢，大家都平衡了，所以你看看，你寫了什麼，我寫的差不多，服務業，他做服務業，還有什麼方面有優勢呢，做服務業的話，其實上海人的話比較盡職，就是說怎麼說呢，這可能是海派文化吧。

(26)〔傳媒語料-26〕

我特別小的時候，我爸在院子裏上班，每次我去他那兒，他帶我回家經過門口的時候，都會和我說，那是周總理我的樹。每次都說，我的印象也就深刻了。怎麼說呢，我爸在我心裏特別偉大。周總理在我父親的心裏是最重的。我也受我父親的薰陶。也成為我的偶像。

(27)〔傳媒語料-27〕

嘉興市彙通化工有限公司總經理呂湧波：「各個朋友各個部門都打電話給我，可以說打得要爆了，問我這個事情怎麼登報了，你怎麼出了這個事情了。怎麼說呢，在企業上有壓力，我個人面子上都過不去。」

三、用於問話

由於「怎麼說呢」可以用來表示對前面話語進行解釋說明，當聽話人覺得發話人的話語不是很清晰，需要進一步解釋說明時，就可以使用它請求發話人進行解釋說明。這時的「怎麼說呢」就變成了一個固定的補救引發語[1]（NTRI：next turn repair initiator）。

---

[1]　指位於需要補救的項目後面一個話輪、用於引發他人進行補救的語言手段，

(28)〔傳媒語料-28〕

王　　志：那不成功的原因有沒有你自己的原因？

楊國峰：自己的原因恐怕也有吧，那主要還是思想不夠解放。

王　　志：怎麼說呢？

楊國峰：人家，像是我到那裏做書記以後，人家請我的客，那個包工頭，請小姐跳舞，唱歌，我不會。我說這不行的。

四、小結

　　不管前面的話語是否完成，在第二種語境中，「怎麼說呢」主要是為了引出一些話語對前面的話語進行解釋說明，使其更能傳達發話人的意圖，更便於聽話人理解。「怎麼說呢」前後的話語存在著一種廣義的解說關係，聽話人必須把它們聯繫起來才能更完整地理解發話人的交際意圖。從這個用法中「怎麼說呢」還發展出了一種用於引發他人補救的功能。

肆、結語

　　「怎麼說呢」是口語中一個常用的編輯插語，本文根據「怎麼說呢」出現的語境對其功能進行了初步的描寫。我們根據「怎麼說呢」出現的語境把它的用法分為兩類。「怎麼說呢 1」主要的功能在

　　如「啊」、「什麼」等等。

於爭取更多的時間來尋找一個更恰當的表達方式來接續前面的話語；「怎麼說呢 2」主要用於對已經發出的話語進行解釋說明。從第二種用法中「怎麼說呢」還發展出了引發他人補救的功能。由於本研究所採用的語料是他人轉寫的文本，因此無法對「怎麼說呢」的韻律特徵進行描寫，希望未來的研究能彌補這個缺憾。

參考文獻

桂詩春編著。2000。新編心理語言學〔M〕。上海：上海外語教育出版社。

李明潔。2008。元認知和話語的鏈結結構〔M〕。上海：華東師範大學出版社。

劉運同。2001。程序性提問及應答。同濟大學學報（社會科學版）〔J〕，（3）。

「怎麼著」疑問句的句法功能與交際功能

壹、引言

　　《現代漢語詞典》（2005：1704）認為，「怎麼著」是一個疑問代詞，主要的功能有兩項：（1）詢問動作或情況：你想怎麼著？｜我們都報名參加了，你打算怎麼著？｜她半天不做聲，是生氣了還是怎麼著？（2）泛指動作或情況：一個人不能想怎麼著就怎麼著。《現代漢語八百詞》（2002：652）在對「怎麼著」的描寫中這樣寫道：「同『怎麼』的代詞用法。指別詞用法少見，多用『怎麼』。」實際上，疑問代詞「怎麼著」既與「怎麼」的用法有重疊的地方，又與「怎麼樣」的功能有交叉，本文擬就「怎麼著」的句法功能和交際功能做一些描寫，以期找出「怎麼著」問句的特點。

貳、「怎麼著」的句法功能

一、「怎麼著」作狀語

（一）相當於「怎麼」，詢問方式，例如：

(1)〔北大語料-1〕
「你看，還是不敢說話！怎麼著到大會上去訴苦呢？」

(2)〔北大語料-2〕

「去的時候敲鑼打鼓，我看怎麼著回來見人吧。」

（二）表示「無論如何」，例如：

(3)〔北大語料-3〕

照說吳桂賢能當副總理，你怎麼著也可以當個國務院發言人之類的。看來只是機遇不好罷了。

(4)〔北大語料-4〕

他對記者說：「這可是咱中國京劇藝術第一次過節，怎麼著我也得來啊！」

從語法位置上來看，「怎麼著」用來詢問方式時主要位於謂語動詞之前，如例 1、例 2 所示。在表示「無論如何」時，「怎麼著」既可以出現在謂語動詞之前，如例 3；也可以出現在小句主語之前，如例 4。

二、「怎麼著」作謂語

(5)〔北大語料-5〕

他卻故意說：「我就是不躲，怎麼著？」

(6)〔北大語料-6〕

「我不對我不對我不對……不對又怎麼著？！」

(7)〔北大語料-7〕

「他怎麼著了，要緊不要緊？」

(8)〔北大語料-8〕

　　這時候，二虎在高鐵杆兒身後輕輕問了一句，「高大隊長，我怎麼著啊？」

(9)〔北大語料-9〕

　　我打了，你能把我怎麼著！

(10)〔北大語料-10〕

　　當時我媽是我們總公司的上級單位的一個領導，誰也不能怎麼著我。

　　「怎麼著」作謂語時後面可以加「了」或者「啊」，可以用在「把」字句，甚至可以帶賓語，如例 10。並且往往以省略主語的形式出現，如例 5。即使在「怎麼著」前面出現了其他的成分也不一定是小句的主語，如例 6 中「不對又怎麼著」，前面的「不對」意為「即使我不對」，是一個縮略的假設小句，不是句子的主語。

三、作賓語

(11)〔北大語料-11〕

　　吳姍看我一眼，「你打算怎麼著？就這麼瞞下去混下去？」

(12)〔北大語料-12〕

　　你說怎麼著吧？是來硬的，還是來軟的？

(13)〔北大語料-13〕

　　你看怎麼著？

(14)〔北大語料-14〕

　　哎，冬寶你覺得怎麼著？

(15)〔北大語料-15〕

　　老闆娘：那你想怎麼著啊？

(16)〔自擬〕

　　我是坐地鐵，你是怎麼著？

　　「怎麼著」用作賓語常常出現在表示心理活動的動詞如「看、想、打算」動詞後，用來詢問聽話人的意見或態度，還有一個常用的動詞是「猜」。「你猜怎麼著」已經形成一個相對固定的短語來吸引聽話人的注意力，見下文的討論。有時候，「怎麼著」也可以出現在聯繫動詞「是」的後面，見例 16。

四、作主語

(17)〔北大語料-17〕

　　總之，躺躺，坐坐，立立，走走，怎麼著也覺得不舒坦。

(18)〔北大語料-18〕

　　他想：「你們問我，我馬上回答了，還是抗拒嗎？該怎麼著才算端正態度呀？」

(19)〔北大語料-19〕

　　「承您指教，您說怎麼著好？」

(20)〔北大語料-20〕

　　怎麼著都行！

　　「怎麼著」具有稱代作用，作用跟一個名詞類似，在句子中充當主語。在例19中，「您說」雖然形式上是一個上位小句，作用上更像是一個幫助發問的疑問成分。「怎麼著好？」才是主要的疑問小句。單獨來看，「怎麼著好」是一個歧義結構。「怎麼著」可以作「好」的狀語，用來詢問方式，可以說：這本書怎麼著好？是問這本書好在哪裏。此外，「怎麼著」可以代表一個小句，作「好」的主語。在例19中「怎麼著」作「好」的主語。如果要在小句中加入「才、都、是」這樣的詞語，應該加在作謂語的「好」等成分的前面，如例18、20所示。

參、「怎麼著」用於固定結構

一、你猜怎麼著？

(21)〔北大語料-21〕

　　我以前有輛汽車，你猜怎麼著，上、下班不如騎自行車快，後來就把它賣了。

(22)〔北大語料-22〕

　　又沒有這人的手機號，不得已就找了個修鎖匠把門鎖拗開

了！你猜怎麼著？屋裏全是水！這水啊，是從浴室裏流出來的……

(23)〔北大語料-23〕

「小順兒的爸，你猜怎麼著，我看見了老三！」瑞宣已經躺下，猛的坐起來：「什麼？」

「你猜怎麼著？」字面的意思是「你猜發生什麼了」，當然可以用來提問，但是從上面的例子中可以看出，在連貫話語中它的主要作用並不是向聽話人發問，而是用來提醒聽話人注意，說話人要報告重要的資訊，所以它變成了一個提示後續話語性質的固定短語。

二、任指用法

（一）前面加「無論、不管、再」等，表示任指，例如：

(24)〔北大語料-24〕

不管怎麼著，都請你快點發落！

(25)〔北大語料-25〕

無論怎麼著，裝殮梁邦他娘的那口棺材不能含糊！

(26)〔北大語料-26〕

再怎麼著，我這點政治素質還是有的，我們哪裏冒過小混混的名字寫標語呀！

（二）怎麼著+也／都

「怎麼著」後面用「也」或「都」來呼應，「也」比「都」常見。見例 4、例 20。

三、怎麼著……怎麼著

前後兩個小句疊用，成為連鎖式的句子。例如：

(27)〔北大語料-27〕

往後你們叫我怎麼著我就怎麼著。

(28)〔北大語料-28〕

我想怎麼著就怎麼著，他們能把我怎麼樣！

(29)〔北大語料-29〕

沒關係，該怎麼著還是怎麼著。

(30)〔北大語料-30〕

他們愛怎麼著怎麼著。

四、小句 1+小句 2（怎麼著）

「怎麼著」充當選擇問句的第二個選言肢。在形式上跟第一個小句用「還是」、「是」來聯接，甚至也可以什麼都不用。注意例 33 中兩個「是」字的配合使用。作為第二個選擇小句，「怎麼著」充當的第二個小句用來表達跟第一個選擇小句類似但並不確定的內容。

這類問句是一種介於是非問句和選擇問句之間的過渡問句,「怎麼著」充當的第二個小句是言語表達的質量原則與省力原則相互作用的產物。

(31)〔北大語料-31〕

這孩子語言發展了還是怎麼著?

(32)〔北大語料-32〕

那兒耽不住人還是怎麼著?

(33)〔北大語料-33〕

七巧破口罵道:不害臊!你是肚子裏有了擱不住的東西是怎麼著?

(34)〔北大語料-34〕

你說話呀!成心逗人家的火是怎麼著?你有嘴沒有?有嘴沒有?

(35)〔北大語料-35〕

寶康指著我們的嘴說,「不服是怎麼著?」

(36)〔北大語料-36〕

你還怕我吃醋怎麼著?

(37)〔北大語料-37〕

小夥子心說你有病怎麼著,黑點怕什麼?

五、怎麼著怎麼著

(38)〔北大語料-38〕

天朝使臣，中央來的，一副盛氣凌人的架勢，甚至威脅若不配合，就怎麼著怎麼著，肉店還想不想開。

(39)〔北大語料-39〕

太上皇，大事不好，皇上背著您怎麼怎麼著。

(40)〔傳媒語料-1〕

現在美國正在準備給它釣魚呢，說你要是怎麼怎麼著的話，比方說你放棄不結盟的話，我連「F-35」都賣給你，這個是不可能實現的。（傳媒語料）

(41)〔傳媒語料-2〕

我感覺那個時候我媽說，我要做什麼事我媽就說，你以後應該怎麼怎麼著，如果不怎麼怎麼著，以後可能會變成什麼什麼樣。

(42)〔傳媒語料-3〕

知道了，校長找過我，經常找我談話，讓我們兩人拉開距離，不合適怎麼怎麼著。

(43)〔傳媒語料-4〕

我媽那邊買完裝修了搬過去住，我過去也就幾天吧，她就說沒地住怎麼怎麼著，就讓她上我那住去了……

「怎麼著」連用共有兩種形式，一種是「怎麼著怎麼著」，一種是「怎麼怎麼著」。呂叔湘在討論「怎麼」的虛指和任指用法提到「怎麼」或「怎樣」可以用在報告事情經過的句子裏，「代表一些被省略的詳細細節」（1985：328）。如：

(44)〔呂叔湘，1985：328〕

馬二先生便把差人怎樣來說，我怎樣商議，後來怎樣怎樣我把選書的九十幾兩銀子給了他，才買回這個東西來……

（儒 14，108）

「怎麼著」連用也可以看作是用來代表一些沒有說出的行為，但是它們在句子中卻不能被省略。此外，還有一些「怎麼著」的連用形式是放在小句的後面（例 42、例 43），表示還有其他一些沒有轉述的話語存在。雖然把它們省略以後前面的小句仍然是完整的，但是卻失去了發話人虛實結合來轉述他人話語的功能。

六、不知怎麼著、不怎麼著、沒怎麼著

「不知怎麼著」在句子可以作狀語。「不怎麼著」跟「不怎麼樣」意思相同，用來表示「不太好、不出色」。「沒怎麼著」可以充當謂語。例如：

(45)〔北大語料-40〕

這英俊瀟灑的扮相挺讓金枝生氣，不知怎麼著，又想著頂他幾句。

(46)〔北大語料-41〕

不怎麼著呵，我好像讀過路遙的東西。

(47)〔北大語料-42〕

　　我沒聽明白他的意思，應付了一句廢話：「沒怎麼著，沒
　　怎麼著。」

肆、「怎麼著」問句的話語功能

　　從上文的例句可以看出，「怎麼著」問句除了可以表示真性問，常常用來表示反問。不管是用於真性問還是反問，由於本身的簡約性，「怎麼著」問句的前後常常有其他的語句出現。這裏我們僅僅列出「怎麼著」問句與其他語句合用的幾種常見模式。

一、針對對前面的行為進行發問

　　「怎麼著」問句可以針對他人的行為進行發問，這時「怎麼著」問句出現在發話人整個話語的最前面，用來表示發話人的疑惑、反對、斥責等等態度，後面的話語則用來說明發話人為什麼或者說針對什麼表達這樣的態度。後續的話語可以採用陳述語句，如例48；也可以是另外一個反問的語句，如例49、例50。

(48)〔王朔，永失我愛〕

　　黃昏，我在董延平的宿舍裏找到石靜。他們一幫人正在說
　　什麼，我進來石靜先閉了嘴。
　　董延平笑著說：「怎麼著？這個淚痕未乾，那個又紅著眼
　　進來了。」

我沒理他，衝著石靜說：「吃飯了還坐在這兒幹嘛？」

石靜沉著臉不理我。

董延平接茬兒說：「正控訴你呢。」

(49)〔王朔，懵然無知〕

于德利再三點頭：「有理，聽著長見識，那你們現在怎麼辦？被我們逮著了這回傻了吧？」

江湖、劉利全一起呵呵笑起來。

劉利全：「傻什麼呀？我們才不傻呢。你們逮著就逮著吧，大不了我們晚會不搞了，一點其他事兒都沒有，拍屁股走人，正傻的是你們。」江湖：「別別，晚會別摘還得繼續搞，不用他們就是了。」

「怎麼著？你們還要繼續搞下去？」於德利火了。

(50)〔王朔，給我頂住〕

我們百無聊賴地等著菜，服務員穿梭不停地往各桌上菜，就是沒我們的。我幾次叫住給我們開票的服務員問，她都不耐煩地回答：「正炒呢。」當她又一次如此回答時，我耐心消逝了，怒吼起來：「怎麼著？瞧不起人是不是？你還不耐煩了，我們都等多長時間了？」「你吵什麼？馬上就給你上。」

二、兩個問句連用

「怎麼著」問句出現在另外一個問句的前面，後面一個問句具體說明「怎麼著」問句的內容，例如：

(51)〔王朔，過把癮就死〕

肖超英微笑著在他身後出現低矮的門框使他進門得低著頭。「哎喲，超英，你怎麼回來了？」我忙跳下床，高興地迎上去。「聽說咱們軍官來了，怎麼沒穿軍裝呵？怎麼著，中校了還是上校？」「人家現在是上校了，濱綏圖佳保安第五旅上校團副。」

(52)〔王朔，頑主〕

丁小魯找出撲克扔到茶几上，把沏好的茶斟進茶杯。

「怎麼著，玩什麼？」楊重洗著牌說，「摳？」

「玩『摳』一個人沒事幹，不玩『摳』。」于觀說。

「那玩『三尖』也還少一個人。」

「你們玩吧，我在一邊看著。」丁小魯說。

三、表態小句

但是更多的時候，當「怎麼著」問句出現在其他話語的前面的時候，它的主要功能並不是表示發話人的疑問，而只是表達發話人的一種驚奇、懷疑等態度，或者說「怎麼著」小句是疑問與表態的一種混合體，具體哪種功能更強烈一點取決於具體的使用環境。例如：

(53)〔王朔，我是你爸爸〕

馬銳笑著說：「您要有空兒，我想跟您談談。」

「呵，怎麼著，馬政委，今兒又有什麼指示？我洗耳恭聽。」

「爸，您別那麼油腔滑調的，我這真是很正式的。」

(54)〔王朔，我是你爸爸〕

「你說，你們同學他媽今年多大？」

父子倆洗完了出來，在腰裏系上條浴巾，招呼澡堂夥計給沏上一壺茶，各自半躺半坐在衣櫃間的床上，抽著煙喝著茶，紅光滿面地說話兒。「怎麼著？有意思？」「嗯。」父親有點不好意思，「你推薦的，當然要見見。」

(55)〔王朔，玩得就是心跳〕

那姑娘沒笑，挺正經地問我：「你認識沙青吧？」

「不就是那老爺們兒嗎？」

「你，他淨打岔。」那姑娘笑著對其他人說，「我沒法跟他說話，人家是女孩子，什麼老爺們兒。」

「你淨打岔，忒不地道。」

「不是不是。」我盯著譚麗笑著說，「怎麼著，她說她認識我？那你帶她來找我玩呀，我們熟人也好見見面。」

伍、小結

「怎麼著」雖然也可以用來詢問方式，但是更像一個謂詞性成分，主要用來詢問「動作或情況」，跟「怎麼樣」的句法功能更接近。從交際功能來看，除了平實的發問，「怎麼著」常常跟其他話語連用，用來表達吃驚、懷疑等態度。本文還描寫了「怎麼著」形成的一些固定結構，如「你猜怎麼著」等等。王曉豔（2009：20-21）認為，「『怎麼著』的用法同於『怎麼』（原文如此，根據作者前文的論述，

應為『怎麼樣』），不同的是他（原文如此，應為『它』）的口語色彩較濃，猜測這個詞語可能是從某些地方的方言詞彙進入漢語共同語。」宋孝才編纂的《北京話語詞彙釋》收錄了「怎麼著」一詞，似乎把它看作是北京話詞語。「怎麼著」到底來自何種方言，它獨特的功能到底是什麼，都需要進一步的研究。

參考文獻

呂叔湘主編。2002。現代漢語八百詞（增訂本）〔M〕。北京：商務印書館。

呂叔湘著，江藍生補。1985。近代漢語指代詞〔M〕。上海：學林出版社。

邵敬敏。1996。現代漢語疑問句研究〔M〕。上海：華東師範大學出版社。

宋孝才編著。1987。北京話語詞彙釋〔M〕。北京：北京語言學院出版社。

王曉豔。2009。「怎麼樣」類詞語的共時、歷時考察〔D/OL〕。武漢：華中師範大學，〔2010-01-06〕。http://epub.cnki.net/grid2008/detail.aspx?filename=2009159113 .nh&dbname=CMFD2009。

中國社會科學院語言研究所詞典編輯編。2005。現代漢語詞典（第 5 版）〔Z〕。北京：商務印書館。

「看」的認知情態用法補議

壹、引言

　　「看」除了表示「使視線接觸人或物」這樣實在的意義之外，還有一些比較虛空的意義。例如：「再淘氣，看我不揍你！」這樣的用法對於把漢語當作外語學習的留學生自然較難理解。在一次高級口語課上一個留學生就問筆者，上面那句話是什麼意思。我告訴她，這句話用來警告別人，如果繼續淘氣，我就會揍他。「看」在這個句子中表示將要發生的事情。聽了我的回答，這個好學的學生繼續問道：既然是表示「我會揍他」，為什麼不說「看我揍你」，而說「看我不揍你」，這裏的「不」有什麼用處？我只好回答，「看我揍你」與「看我不揍你」都可以說，意思也是一樣的。問問題的學生雖然表示明白，仍然覺得奇怪，為什麼在這個句子中用「不」不用「不」意義竟然是相同的。

　　帶著這個問題，筆者查閱了研究者對「看」的一些研究。

　　呂叔湘（2002：332）列舉了「看」的七個意義，第七項意義為「小心，注意」。所舉例句為：別跑，看車！／看摔著！／過馬路時，看著點兒！

　　高增霞（2003）的研究認為，「看」由「觀看義動詞」發展出了「表示擔心──認知情態的標記詞用法」。高增霞（2003：100）把「看」表示提醒、恐嚇威脅的用法記為 Kb，指出「看」用於假設小句的結果小句中，警告對方如果持續目前的行為將會出現什麼後果。表面有兩種形式，一種如：

(1) 你要是眼睛不瞧著地，摔了盆，看我不好好揍你一頓。（老舍《龍鬚溝》）（高例 34）

(2) 胡說！再麻煩，看我帶你到局裏去！（魯迅《故事新編·起死》）（高例 34）

以上這些句子中「看」後小句有沒有「不」意思都一樣，試與原句相比較：

(3) 你要是眼睛不瞧著地，摔了盆，看我好好揍你一頓。（高例 34）

(4) 胡說！再麻煩，看我不帶你到局裏去！（高例 35）

另一種帶有特指問形式：

(5) 打死了，看誰給你做鞋做飯，伺候老人。（周立波《暴風驟雨》）（高例 36）

(6) 沒有車，看你擱啥往回拉。（同上）（高例 37）

　　張秀松（2006：78）把我們討論的「看」的用法仍舊記著 Kb，認為 Kb 的語用功能有兩種：威脅／警告／告誡和關心。

可以看出，雖然研究者對「看」的各種意義、各種意義之間的聯繫以及演變進行了較深入的研究，但是卻沒有研究者試圖回答為什麼「看」後面的小句中用「不」不用「不」有什麼區別。

貳、認識情態標記詞「看」

對於「再淘氣，看我不揍你」中的「看」，研究者（張秀松，2006：76）認為它是一種情態標記詞，表示說話人對某一事件可能性或肯定性的推測。並且，張秀松（2006：77）認為，「看」「後將來的事件在條件滿足時是一定出現的」。高增霞（2003：100）則認為，「『看』小句的作用就是指出某一對對方不利的事實發生的可能性來警告對方，以達到加強間接祈使句效力的目的」。我們認為，這些分析總體上說都是正確的，但仍有不完備之處。下面我們結合「看」的意義給出我們的分析。

我們認為，即使「看」已經發展出所謂的認識情態用法，它仍舊保留了一定的詞彙意義，這個詞彙意義就是「觀察並加以判斷」。這一詞彙意義進一步細化為：看₁：進行觀察但未作判斷；看₂：進行觀察並作出判斷。這種殘留的詞彙意義滯留在「看」的認識情態用法中，使「看」的認識情態意義既可以表示僅僅對某一未然事件進行推測，也可以表示不僅進行推測，而且是帶有特定傾向性的推測。

看₁的例子如下：

(7) 你先探探他的口風，看他是不是願意去。（132）

(8) 他寫了作品，沒發表就讓他們看，看他們是不是喜歡。（1079）

可以看出，看₁後面的小句形式上採用了「Ａ不Ａ」的疑問形式，因此在一般的情況下是沒有傾向性的。也就是說，「看」在這裏的作用僅僅表示對某一不確定的事件進行觀察，並不表示通過觀察得知這一未確定的事件最終如何確定下來。另外，只是相對於「看」前面的小句，我們才可以說，「看」字句是表示未來事件的。例 8 整體來說實際上是對過去事件的描述。

其實疑問形式也可以表達傾向性，比如常見的反問句用法。高增霞的論文中提到了特指問形式，實際上，即使是「Ａ不Ａ」的疑問形式可以用於傾向性的表達。例如：

(9) 等我病倒了，花上一筆醫藥費，看你在不在乎。（2235）

(10)我砍斷你一雙手，看你還敢不敢偷我的黃金，我砍斷你一雙腳，看你還能跑到哪裏？（2379）

但表達一個事件的最佳語言形式還是一個陳述語句，因此在「看」的後面緊跟一個陳述性小句是很常見的。

(11) 你媽才出門，你就狂得這般模樣，回頭闖了禍，看我不抖出來才怪！（2463）

(12)你等在那裏，看我不收拾你。（2499）

(13)這幫小崽子，看我不宰了他們，車子玩壞了，待會兒我怎麼回去！（2750）

(14)我們連長問你呢，看我不用鞭子抽你！（2751）

(15)他們十五那天來收面，看我們不揍他孫子！（2752）

(16)老賈呀老賈，你看著地主老實了，要是中央軍回來，看他不殺了你！（2757）

以往的研究者強調「看」前後的小句存在一種條件和結果的關係，認為言者利用這種關係來發出警告威脅等。但是從上面的例句來看，所謂的「警告、威脅、告誡」恐怕只是「看」字句的一部分功能。上面例句的 11、12、15、16 都可以理解為用來表達警告、威脅、告誡。但例 13、14 恐怕無法做那樣的分析。例 13 似乎並不是直接對那些「小崽子」發出的話語，而可能是對其他聽話人發出的話語。「看」的前面並沒有其他小句，「看」字句後面的小句似乎解釋說明發話人為什麼如此動怒。例 14 可以有兩種解讀：第一種是，我們連長問你呢，你若不好好回答，看我不用鞭子抽你。第二種是，你竟敢做出這樣的事，驚動了連長來問你，看我不用鞭子抽你。如果是第一種解讀，可以分析為警告。如果是第二種解讀則分析為批評抱怨等為好，因為聽者已經做了令發話人不滿意的事情，此事已無法避免。另外，我們還可以遇到例 17 這樣的句子。這個句子當然不可分析為警告之類，也不是什麼關心，它只是表達了發話人的決心，可以看作是一種宣告、誓言等。因此，我們說，「看」字小句主要表達發話人對將要發生某一事件的確信，用在不同的語境中可以表達出不同的話語功能。雖然表達警告之類是它較常用的一個話語功能，但並不是唯一的。

(17)再過十年，看我不超過他！（自擬）

回到文章開頭的問題，為什麼「再淘氣，看我不揍你」與「再淘氣，看我揍你」意義相同。研究者已經指出，在這樣的句子中，「看」

表達某一對對方不利的事實。如果按照這種說法，正常的表達就應該是：再淘氣，看我揍你！但實際上人們常用的方式卻是：再淘氣，看我不揍你！我們認為，對於某一事件，交際者既可以用肯定的陳述語句來表達，也可以用否定的陳述語句來表達。對於發話人來說，事件本身的發生或者不發生是非常清楚的，不會混淆的。有時候，發話人可以通過對否定陳述的否定來表達自己的肯定。而這個否定性陳述所表達的命題可能是聽話人所擁有的，發話人對此進行堅決的否定，從而確定無疑地表達自己的態度。所以可以說，對於「再淘氣，看我不揍你」這樣的句子，發話人傳達的意義是非常明確的，即如果聽話人再淘氣，發話人一定會採取「揍」的行為。而在發話人發出這一警告之前，聽話人也許還抱有一絲幻想，「再淘氣，也不會受到懲罰」。也就是說，雖然「看」主要傳達認識情態意義，我們仍然可以把「看」的意義理解為「觀察和判斷」，發話人請聽話人觀察某一事件（否定陳述），但是明確告訴聽話人這一否定陳述是不可能成立的。作為對這種分析的佐證，我們發現，使用「不」的看字句後面可以跟上「才怪」之類的表述（參看例 11，重新編號為例 18）。正因為「再淘氣，看我不揍你」通過否定之否定來表達肯定的意義，所以我們說它表達得更有力，具有強調的作用。高增霞（2003：101）在討論「別」的擔心-認識情態意義時也發現，在「別」後面添上「不」對句義毫無影響，甚至還有輔助加強作用。我們覺得，這一觀察同樣適用於表示認識情態意義的「看」。

(18)你媽才出門，你就狂得這般模樣，回頭闖了禍，看我不抖出來才怪！（2463）

參、結語

　　以上我們簡要討論了「看」用於表達警告時使用「不」的理由，同時涉及到如何看待「看」的作用。我們認為，雖然「看」已經從「觀看」義發展出了認識情態用法，起到一定的連詞作用，但是，「看」的詞彙意義仍然有一定程度的保留。「看」既可以表示觀察，也可以表示觀察並作出判斷。因此，「看」後的小句，既可採用不確定的疑問形式，也可採用陳述小句。以往的研究從語法化的角度對「看」的各項意義以及相互之間的聯繫進行了很好的研究，我們覺得這種研究如果能做到解釋更多語言事實，同時又簡明扼要才更加可取。

參考文獻

陳振宇、樸瑨秀。2006。話語標記「你看」「我看」與現實情態〔J〕。語言科學，（2）。

高增霞。2003。漢語擔心——認識情態詞「怕」「看」「別」的語法化〔J〕。中國社會科學院研究生院學報，（1）。

呂叔湘主編。2002。現代漢語八百詞（增訂本）〔M〕。北京：商務印書館。

曾立英。2005。「我看」與「你看」的主觀化〔J〕。漢語學習，（2）。

張愛玲。2004。體態標記詞「看」字探討〔J〕。長春師範學院學報，（2）。

張愛玲、張秀松。2004。近將來時態標記詞「看」字的語法化〔J〕。淮北煤炭師範學院學報（哲學社會科學版），（3）。

張秀松。2006。情態標記詞「看」的語法化〔J〕。南華大學學報（社會科學版），（3）。

鄭雷。2006。「看」的語法化分析〔J〕。現代語文，（6）。

周同燕。2005。現代漢語中「看」的語法化現象考察〔J〕。沙洋師範高等
　　專科學校學報，（6）。

「誰知道」的話語功能

壹、引言

　　「知道」是常用的表示認知活動的動詞,「誰」是常用的疑問代詞,但是由於疑問代詞除了真性問以外,還可以有任指和反問的用法,「誰知道」組合在一起便產生了複雜的意義和功能。

　　當「誰」用作疑問代詞用於真性問時,可以採用兩種方式:

　　一是:誰知道+NP?如:

　　(1)誰知道老王家的地址?(自擬)

　　二是:誰知道+Q　如:

　　(2)講到吉林省農村經濟發展的目標時,王雲坤問,你們當中誰知道「三大一強」指的是什麼?(72)

　　這種問句表面上看是兩個特指疑問句的套用,但是實際上第一個特指疑問「誰知道」成了輔助發問的成分,對這類疑問句的回答往往是針對第二個問句的。

　　當「誰」不是用來發問,而是用來任指時,往往前後呼應,配合使用。例如:

(3) 死要面子，逞能硬灌的，最常見，個中體會，誰難受誰知道，老婆孩子當然也瞞不住，因為他們要處理「善後事宜」：扶你回家。（45）

由於「誰」還可以用於反問，「誰知道」組合在一起，基本意思變成了「沒有人知道」。由於出現在其前後的成份的性質及其位置的不同，造成了「誰知道」不同的意義和功能。本文主要分析「誰」作反問解釋時，「誰知道」在不同語境中的意義和功能。所利用的例證主要取自北京大學漢語語言學研究中心現代漢語語料庫，例子後面的數字代表網上查詢所得例證的序號。

貳、「誰知道」支配的成份

「知道」是所謂的及物動詞，按照傳統的語法概念，及物動詞跟所支配的對象構成動賓關係。根據網上查詢的例證，可以發現，「誰知道[1]」支配的成份大致可分為以下幾類：

一、誰知道+Q

這裏的 Q 代表疑問形式，它們可以是特指疑問形式，可以是正反問形式，可以是選擇問形式。

---

[1] 雖然一般說來，在 S+V+O 這樣的句子中，V 與 O 的關係更緊密一些，但是對於一些認知動詞，如知道之類，由「你知道、誰知道」這樣的結構充當主句的句子中，實際上主句的主語和動詞結合得更緊密一些，它們跟充當賓語的成分之間的關係相對鬆散一些。

(4)誰知道你們這次演了，到什麼時候再演呢？（76）

(5)至於小男孩的未來到底怎樣，又有誰知道呢？（328）

(6)不讓打開，誰知道美麗的包裝裏有無「陷阱」？（57）

(7)有意見沒意見誰知道？（149）

(8)這個老東西，誰知道她是糊塗呢，還是狡黠？（793）

由於 Q 本身是一個疑問形式，並沒有確定的答案，所以「『誰知道』+Q」可以解釋為：沒有人知道 Q 這一疑問的答案。

二、誰知道+S

S 代表一個陳述小句。例如：

(9)但是我勸你們，年輕的朋友們，你們不要氣餒嘛，誰知道幾十年以後，你們也可能就是政治家、軍事家、外交家呢！（900）

(10)誰知道呢，也許就在我們談論這一切的時候，他也正躺在這兒考慮自己的計畫。（1144）

(11)以後東西也許都漲價錢，誰知道！（1375）

(12)很有可能，她會擺脫束縛，獲得自由，誰知道呢？（977）

與疑問形式相反，陳述句是用來表達命題的。但是肯定和疑問之間並沒有絕對的界限，人們對一個命題仍然可以添加一定的成份來傳達對命題不同程度的肯定或懷疑。在上述例句中我們注意到，S 中出現了「可能」、「也許」這樣的副詞。使用了這些副詞以後，發話人對陳述句中的命題便有了一定程度的懷疑或不那麼肯定，因此

S 小句表達的是一種不那麼肯定的命題，小句前後的「誰知道」進一步加強了這種不肯定。在這種語境下，「誰知道+S」表達的意義可以解釋為：雖然 S 可能是真的，但是沒有人能這樣肯定。

不過在有的小句中，並沒有出現表達肯定／疑惑程度的副詞，如例 13。我們注意到，S 中出現了「他說是」這樣的轉述動詞。因此，整個句子的意思是說：雖然他說他是回家復習功課，但是沒有人知道到底是真是假。

(13)他說是回家復習功課，誰知道呢。（784）

另一種類型的 S 中既沒有表達肯定的副詞，也沒有所謂的轉述動詞，它們為什麼可以跟「誰知道」一起使用呢？這裏的 S 所傳達的是少為人知或難為人知的事實，在一定的時期或通常條件下，由於種種原因，人們並不知道或不可能認識到這樣的事實。在這樣的句子中往往出現表達時間或範圍限制的詞語，如「那時、原先」等等。

(14)那時誰知道頻譜儀能治病？（43）

(15)原先誰知道河南有個《聲屏週報》？（88）

(16)靠著電視螢幕和報刊版面才對登山運動略知一二的人們，有誰知道珠峰腳下，還有這麼一片孤零零的墳塋？（295）

三、誰知道+NP

(17)10 多年前，中國老百姓有誰知道玉溪捲煙廠，又有誰知道「紅塔山」？（42）

(18)有誰知道，為使海霞康復，這位平凡的老人所做的一切。
（70）

(19)可這些身著國防綠的建設者們，心中的酸甜苦辣又有誰知
道？（22）

這些例句中的 NP 或者是人名、物名等，或者是複雜的名詞短
語。我們認為，「誰知道」+NP（名稱）可以表示沒有人知道這樣的
人或事物。複雜的名詞短語實際上可以轉換成 S，表達一個陳述。
如「這位老人所作的一切」大約可轉化為「這位老人做了一切」。其
實就是所謂的名詞仍舊可以轉化為一個疑問形式，如「紅塔山」可
以轉換為「紅塔山是什麼」等等。

綜上所述，出現在「誰知道」前後的成份其實可分為類：一種
是疑問，一種是陳述。「誰知道」+疑問的意義可概括為「沒有人知
道（某疑問的）答案」；「誰知道」+陳述的意義可概括為「沒有人知
道某事實」。

參、「誰知道」的位置

所謂「誰知道」的位置指的是「誰知道」跟它所支配的賓語之
間的位置關係，或者說「誰知道」在整個小句中的位置。從前面所
舉的例句可以看出，「誰知道」的位置有一定程度的靈活性，它可以
出現在所支配成分的前面或者後面，甚至插入到充當賓語的小句中
間。但是仔細觀察「誰知道」出現在的位置，我們發現，「誰知道」
其實還是跟它支配的賓語緊靠在一起。例 20 中的「我一個人」實際

上是一個狀語性的成分，表示條件。例 21 中的「王洪文」屬於把小句的主語主題化，所留的空位由前指代詞填充。因此，「誰知道」實際上仍然位於「他是誰」的前面。只有例 22 中「誰知道」的位置真正出現在賓語小句的中間。在 1509 個例證中，這樣的位置是比較少見的。因此，我們可以說，相對於「誰知道」所支配的賓語成分，「誰知道」主要出現的位置有兩種，一種是位於賓語成分之前，一種是位於賓語成分之後。

(20)以後我跟著你算了，我一個人誰知道該怎麼幹？（648）

(21)王洪文以前誰知道他是誰，別看他們現在盛氣凌人，日子長不了。（91）

(22)平和之門誰知道建造在哪一層的天上？（1335）

「誰知道」+Q/S/NP 是一種常見的 SVO 語序，用來表示發話人的認知狀態，即沒人知道某一疑問的答案或某一事實。對於 Q/S/NP +「誰知道」，存在兩種看法，一種觀點認為，Q/S/NP 仍舊是賓語，由於語用的需要移位到句首，充當話題主語，用來表示強調[2]。另一種觀點是直接把位於句首的成分看作是話題主語[3]（topical subject），後面的小句則是對話題主語的評論，主題+評論的排列方式進一步突出了整個語句表達人們認知狀態的功能。

---

[2]　參看邵敬敏關於「間接問句 S1 中 Q 的作用」（《現代漢語疑問句研究》，197 頁）。邵敬敏的討論只涉及疑問形式 Q。

[3]　周志培「語用上的話題──語法上的主語」（《漢英對比與翻譯中的轉換》，233-236 頁）。

　　需要指出的是，無論「誰知道」出現在所謂的賓語前面或者後面，都是用來表示發話人的認知狀態，因此整個小句出現的位置是有一定的靈活性的。在「誰知道」的後面可以使用「呢」，前後可以有停頓等等。在某些情況下，單純從句子結構的角度來看，去掉「誰知道」整個語句仍然是完整的，這時更可以看出「誰知道」表達發話人認知狀態的功能。

(23)也許，誰知道呢，那條底兒朝天的船，還有他的草帽和她的面紗，也都被發現了！（1164）

(24)「誰知道呢，」公爵夫人沉思著說，「也許考慮到將來會寡居吧。」（1189）

(25)她說「見天子庸知非福」，見了天子誰知道也許是好事呢，說你悲泣何為，幹嘛要哭啊？（909）

肆、「誰知道」用作答句

　　同「不知道」一樣，「誰知道」可以用來會回答問題，既可以單獨使用，也可以跟其他的語句一起使用。跟其他的語句一起使用時，往往出現在回答話輪的開始位置。與「不知道」不同的是，「誰知道」表達的是沒人知道或無法知道問題的答案，是一種有力的強調方式。有時候，用「誰知道」來回答往往帶有各種情緒，諸如不滿、不在乎、失望等等。

(26)「是呀！媽，你看咱們能打勝不能？」瑞全喜歡得忘了媽媽不懂得軍事。

　　「那誰知道呀！反正先打死幾萬小日本再說！」

　　　　　　　　　　　　　　　　　　　　（老舍《四世同堂》）

(27)常四爺：鄉下是怎麼了？會弄得這麼賣兒賣女的！

　　劉麻子：誰知道！要不怎麼說，就是條狗也得托生在北京城裏嘛！

　　　　　　　　　　　　　　　　　　　　　　（老舍《茶館》）

(28)顧師孟：你要上哪兒？

　　秦伯仁：誰知道！天津，上海，廣州，還許到日本去呢！我要遠走高飛，看看天下是什麼樣子！

　　　　　　　　　　　　　　　　　　　　（老舍《秦氏三兄弟》）

(29)A：今年也不知道能發多少獎金？

　　B：誰知道！活是沒少幹，獎金卻不一定跟著長。

　　　　　　　　　　　　　　　　　　　　　　（日常會話記錄）

伍、「誰知道」用於連接

　　由於「誰知道」用於反問表達了「沒人知道」這樣的基本意思，如果其後的 S 小句所表達的行為是確實發生的事實，那麼「誰知道」在這樣語境下，便可以表示「沒人料到」、「沒料到」、「不料」這樣的意義，起到連接兩個句子的作用。有時候，「誰知道」的使用甚至跨越了兩個段落，在更大的範圍內起到連接作用，如例 33。必須指

出，「誰知道」表達「不料」等意義是它的基本意義在特定語境中的一種引申用法，必須滿足一定的條件才行。這個條件就是「誰知道」必須出現在後續的語句中，「誰知道」後面的 S 小句表達的是實際發生的事實，並且在語義上跟前面的語句形成轉折的關係。例 34 中雖然也出現了「誰知道」，並且用於第二個語句，但是由於「誰知道」後面的成分表達的是一個疑問，並不是一個確定的事實，因此這裏的「誰知道」並不是用來表達「不料」這樣的意義，而是跟疑問形式配合使用的。例 35 中也是如此，在「誰知道」前面另外使用了關聯詞「不過」來連接兩個小句。

(30)趙行德原來想像瓜州城內定會一片混亂，誰知道到了這個時辰了，依然一點動靜都沒有。（1055）

(31)鴻漸最怕演講，要托詞謝絕，誰知道父親代他一口答應下來。（147）

(32)他的確是一片熱誠的來給姐丈送錢，為是博得姐丈的歡心，誰知道結果會是碰了一鼻子灰。（1374）

(33)……於是他漸漸的變換了方針，大抵改為怒目而視了。誰知道阿 Q 採用怒目主義之後，未莊的閒人便愈喜歡玩笑他。（魯迅《阿 Q 正傳》）

(34)就是糧食店裏可巧有面，誰知道咱們有錢沒有呢！（1265）

(35)住到咱家自然相宜，不過誰知道人家願不願到咱家來住？（1467）

陸、結語

本文主要研究「誰知道」的話語功能。我們發現,「誰」在用作反問時,跟「知道」緊密結合成一個相對凝固的短語或小句,用來表示人們對某一疑問或陳述的認知狀態。此時它在整個語句中的位置也具有相對的靈活性,可以出現在表達疑問或陳述的小句前面,也可以出現在表達疑問或陳述的小句後面,甚至可以出現在小句的中間。此外,「誰知道」還可以用來單獨回答問題,並且在連貫話語中起到連接轉折語句的作用。

參考文獻

屈承熹著,潘文國等譯。2006。漢語篇章語法。北京:北京語言大學出版社。
邵敬敏。1996。現代漢語疑問句研究。上海:華東師範大學出版社。
周志培。2003。漢英對比與翻譯中的轉換。上海:華東理工大學出版社。

談「你值得擁有」

壹、引言

　　巴黎萊雅是萊雅公司的一個化妝品品牌，它的廣告語是「你值得擁有」。由中國著名電影演員鞏俐代言的電視廣告更是家喻戶曉，影響巨大。當這則電視廣告播出時，就有人在網上發文指出巴黎萊雅的廣告語是一個病句。批評者認為，「『你，值得擁有』是很不禮貌的話語。廣告者天花亂墜地說了商品的種種高貴之處，還要評判『你』是否有資格『擁有』，真叫人哭笑不得。」

　　這句廣告語真是一個病句嗎？本文結合「值得」一詞的使用情況，探討「你值得擁有」這類句子的合法性，同時將討論這類句子的表達功能。

貳、「值得」用於表達對某事的行為價值的評價

　　根據屈哨兵（2006）的研究，在現代漢語中雖然「值得」可以出現在多個句式中，但核心的結構是「值得＋（施為者）＋VP」，這

個結構的完整運算式是「受事+值得+施為者+VP」，用來表示「對事物可以具有的行為價值進行判斷」（2006：75）。例如：

(1)〔北大語料：10〕

看來，企業對 MBA 的態度，頗值得正在就讀的 MBA 者深思一番。

(2)〔北大語料：705〕

這位海外華人的話是中肯的，提到的問題值得我們注意。

(3)〔北大語料：603〕

漢語詞的理據問題值得人們作進一步的探討。

(4)〔北大語料：223〕

這些經驗都值得大家很好學習。

(5)〔北大語料：173〕

這種思想值得借鑒。

上述的例句可以抽象為：NP1+值得+NP2+VP。其中 NP1 為句子的主語，多由名詞性短語擔當。NP2 多由指人的名詞短語擔當，並且 NP1≠NP2。NP2 與 VP 構成主謂關係，NP1 是 VP 的受事。觀察上述的例句，可以發現在這種句式中，充當 NP2 的往往是泛指的「我們」、「大家」、「人們」等詞語，並且還可以省略。所以這種句式著重在表達某事的行為價值，至於這個行為由誰來實施並不是表達的重點。

在這種句式中，所謂的受事並非不可以由表人的名詞或代詞（如你）充當，人們也可以對某人進行行為價值的評價。要表達對於某人的評價，必須符合上面提到的條件，特別是 NP1≠NP2。例如：

(6)〔北大語料：13675〕

　　摘下面具的那一瞬間，我就再也無法把你從我心中抹去，就已知道你值得我傾心相許了啊！

(7)〔北大語料：14425〕

　　我要讓你來審判我懲罰我，因為你是我最愛的女人，只有你值得我這麼坦誠這麼真實又這麼沒出息。

(8)〔北大語料：13019〕

　　他值得我們愛！

(9)〔北大語料：17125〕

　　雅羅米爾無疑是一個悲劇人物，從這個意義上講，他值得我們同情。

參、「值得」表示對行為本身價值的評價

　　在現代漢語中，「值得」除了用於表示對某事的行為價值進行評價，還可以用來對某一行為本身進行評價。《現代漢語八百詞》提到，「值得」有兩個意義，第二個意義表示「有好處；有意義；有價值」。它可以「單獨作謂語或用於『是...的』中間。主語一般是動詞短語或小句」（2002：677-678）。例如：

(10)〔北大語料：4206〕

　　花這些錢值得。

(11)〔北大語料：2730〕

　　當大家感謝他時，朱福善說，為孩子們做點事，值得。

(12)〔北大語料：2906〕

　　我們花幾十年、甚至幾百年抓一個名牌都是值得的。

　　其實，除了這種「VP+值得」句型以外，還存在把 VP 置於句末形成的「值得+VP」句型，例如：

(13)〔北大語料：589〕

　　在未把相互有關的語言都弄清楚之前，不值得費盡心機去過早地作比較工作。

(14)〔北大語料：12931〕

　　為那麼一丁點兒錢不值得給他們表演。

(15)〔北大語料：14523〕

　　不值得花時間精力在這樣次等級的資料上。

　　「VP+值得」或者「值得+VP」用於表達發話人對某一行為本身的評價，行為的發出者不是發話人表達的重點，往往不被提及。這種句型與前面提到的對某事行為價值進行評價的句型既有區別又有聯繫。試比較：

(16)〔自擬〕

　　a 這本書值得（人們）購買。

　　b 購買這本書很值得。

　　b′ 很值得購買這本書。

　　a 句是對這本書的價值進行評價，只不過是通過人們的行為對這本書的價值進行衡量；b 和 b′對購書行為本身進行評價。雖然有這樣的區別，但是在意義上人們仍然會覺出 a 句和 b 句之間的聯繫來。

肆、「值得」用於對行為者的評價

在第 3 節中我們發現在對某一行為進行評價時，行為的發出者往往是不出現的，但是也可以出現，如例 12。有時，「值得」的位置也可能移位到行為發出者之後，形成「NP+值得+VP」這樣的格式。例如：

(17)〔北大語料：18183〕

按理說應當這麼辦，可是我太愛老李，總覺得他值得娶個天上的仙女。

(18)〔北大語料：14606〕

可是，你值得如此得不償失，一無所有地糾纏下去嗎？

(19)〔北大語料：14698〕

東家，這種陰險無恥的小人，您不值得跟他生氣，您把他得罪得太苦了，他會記我們一輩子仇！

注意，這個格式雖然表面上跟第 2 節討論的對某事進行行為評價的句式相同，實際上卻是不同的，在這個格式裏，NP 與 VP 存在有主謂關係。這個格式雖然包含了對行為者行為的評價，但重點已經轉向了對行為者的評價。也就是說，這個句式表達的是：行為者做某個行為，他是值得的。

伍、你值得擁有

上面我們討論了「值得」出現的不同句型，可以看出，「值得」用法還是比較複雜的。我們描述了「值得」使用的三種句型：（1）NP1+值得+（NP2）+VP，用於表達對某事的行為價值的評價；（2）VP+值得，用於表達對某一行為本身價值的評價；（3）NP+值得+VP，用於表達對行為者價值的評價。我們可以用如下的例句來表示三種句型的區別：

(20)〔自擬〕

    a 這本書值得（人們）購買。

    b 購買這本書（，）很值得。

    c 你值得購買這本書。

我們認為，這三種句型既互相區別又互相聯繫，用來表達對不同事物的價值評價。特別是第三種句型的出現，填補了「值得」句型的某種空缺，具有獨特的表達功能。

現在回到巴黎萊雅的廣告語。從前面的分析可以看出，「你值得擁有」這樣的用法並非不存在，在現代漢語中是有這種用法的。在萊雅的廣告中使用這個表達方式，我們認為，是為了達到特殊的廣告效果採取的一種合理的方式。這句廣告語在不同的廣告中出現的位置也不盡相同。例如在鞏俐代言的一款產品中，有這樣的表述：巴黎萊雅復顏雙重眼部精華，你值得擁有。前面出現的「巴黎萊雅復顏雙重眼部精華」是品牌和產品名稱，也是整個廣告的主題，後

一部分「你值得擁有」是該品牌的廣告語。「擁有」的對象自然是所宣傳的產品，這一點毋庸置疑。既然如此，為什麼不使用人們所熟悉的表達方式，也就是使用句型 1，「X 值得你擁有」。我們認為，廣告製作者採用「你值得擁有」是為了達到某種特定目的而做出的有意識的選擇。「你值得擁有」把消費者「你」放到了前面，既拉近了廣告代言人與受眾的距離，又強調了「你」的價值及自主選擇權利，起到了很好的勸說效果。而如果採用句型 1，這種效果將大打折扣。因此，我們認為，這條廣告語並不是一個病句。相反，它是一條成功的廣告語，它的成功在於選擇適當的形式來傳遞特定的資訊。

我們已經提到，這三種句型意義之間存在著聯繫，有時候人們也會把它們搞混，在應該使用句型 1 時，卻用了句型 3 的方式，如：

(21)〔北大語料：14466〕

玩弄手腕和權術的傢伙接上火實在沒必要，不對等，人的尊嚴只有在你值得尊重的人面前才需要保持。

在上面的句子中，「你值得尊重的人」是一個短語，可以轉換成「你值得尊重人」，比如「你值得尊重李先生」。這個表達雖然符合我們描述的第 3 種句型，卻是不合法的，因為「尊重李先生」並沒有什麼值得不值得的問題。根據作者所要表達的意思，把它改為「值得你尊重的人」才合適。

陸、結語

　　在現代漢語中，「值得」主要出現在「NP1+值得+（NP2）+VP」句型中，用於表達對某事的行為價值的評價。這一句型有其特殊性，它用來表達對某事的價值評定，但是卻是採用行為價值的方式來評價某一事物。因此，在現代漢語中，還存在與此互相補充的另外兩種句型，表達對於某種行為、行為者的評價。可以看出，如何使用語言表達人們的價值判斷是一件十分複雜的事情，值得深入的研究。在此基礎上，我們認為那條廣為人知的廣告語「你值得擁有」並不是病句，而是一種合理的選擇。

參考文獻

zhujx50ch。廣告詞「你值得擁有」是病句〔EB/OL〕。〔2009-06-21〕。
　　http://club.cul.sohu.com/r-wordplay-1236284-0-0-0.html。
呂叔湘主編。2002。現代漢語八百詞（增訂本）〔M〕。北京：商務印書館。
屈哨兵。2006。「值得」結構表達被動觀念的形式、動因及相關比較〔J〕。
　　廣州大學學報（社會科學版），（10）。

動補結構的特點和教學

壹、引言

　　學者們都承認，複雜多變的動補結構是漢語語法的一個重要特點。漢語中的動補結構不僅種類多，而且結構複雜、語義關係多樣。並且雖然在許多語言中也存在補語的概念，但是與漢語中的補語概念相差甚遠。在對漢語中的三種常見的動補結構進行討論之後，我們認為，動補結構雖然是非常能產的語法結構，但是三種動補結構之中都存在許多相對固定的表達，它們的特性更接近詞彙短語。因此，我們建議，對動補結構的教學可以兩條腿走路，既作為一個語法點進行教學，又可採用詞彙短語教學的路子，把它們作為單個的詞彙對待。

貳、動補結構的特性

一、結果補語

　　在動詞謂語後面表示動作結果的補充成分被稱作結果補語，動詞加上結果補語是動補結構的一種。表面上看，V+RC（代表動詞+

結果補語）是一種自由的句法組合。比如「吃」可以跟「飽／完／膩／病／胖／窮／暈／瘦／累／吐／煩／慣／怕……」等無數的形容詞搭配在一起，表示吃的結果。但是 V+RC 的融合程度是不一樣的。石毓智（2001：36-38）認為融合程度的高低是一個連續發展的過程，他把動補結構的融合程度分成三個等級。（1）句法組合，即自由的組合關係；（2）動詞+附著結果成分，「該類中的動詞和補語通常共現頻率很高，因而關係密切，很像一個句法單位。也有的補語實際上已發展為一個附著成分，可以和各種各樣的動詞搭配。它們共同的特點是，兩個成分結合緊密，具有複合動詞的性質，可以帶上受事賓語」。常見的附著結果成分有：完／懂／開／好／住／給／著／到／在／慣。（3）複合動詞，這類動補結構已經完全融合成單一的動詞，人們一般不再把它們分來來理解。人們通常把它們作為一個條目收入詞典。例如「看開／說明／拿定／抓緊」等等。比較明顯的例子是「見」，已經完全變成一個粘著詞尾，出現在如「看見／聽見／遇見／碰見／望見／聞見」等詞語中。應該指出，有時候同一個補語成分構成的結構，融合程度也是不同的。「住」通常可以看作是一個附著結果成分，但是如「記住、停住」凝固性很高，因此很像一個詞語。

不同的融合程度決定了它們語法特性的不同，例如，自由的 V+RC 組合往往不能帶受事賓語；相反融合程度高的第二、第三類結構可以帶受事賓語。

(1) 他看書看病了。
　　*他看病了書。

(2) 我看懂這篇文章了。
　　我今天一出門就碰見一件倒楣的事。

二、趨向補語

　　人們通常認為，趨向補語除了放在動詞後面表示趨向之外，還有許多引申用法。實際上位於動詞後面的趨向補語可能具有多種意義和功能，把它們概括成表示趨向以及引申用法是一種簡單化的做法。根據陳昌來（1994）的研究，V 後「上」實際上有上 1、上 2、上 3 三類，各表示趨向義、結果義、動態義。他同時指出，「起來、下去」等都具有這種性質，只是表現各有差異。如「起來」至少有四種意義和性質：a、表示向上趨向的趨向動詞（他從床上坐了起來）；b、表示動作行為有了某種結果的後置成分，諸如集中、合攏、達到目的等（把人集中起來、門關起來了、那件事他終於想起來了）；c、表示動作行為已經開始的動態助詞（他倆打起來了、他又笑起來了）；d、表示隨伴時間的助詞，相當於「……的時候」（這東西吃起來怪香的）。「下去」可以分化為表示趨向的趨向動詞（他從車上跳了下去、船沉下去了）、表示某種結果的後置成分（會議精神要傳達下去、局長被撤下去了），表示繼續的動態助詞（你說下去吧）。

　　對於 V+DC（動詞+趨向補語）這樣的結構，除了真正的表示動作趨向的用法，所謂的引申用法是相當複雜的，雖然它們的意思與表示趨向有著某種聯繫，但是這種聯繫是相當隱晦的。也就是說，一般來說，人們並不能從動詞或者趨向補語的意義相加中得到整個結構的意義，因此毋寧說，人們是把它們當作一種整體來運用。對於諸如「想起來／說下去／醒過來」這些講母語的人十分容易理解的說法，外國人往往難以理解，並運用到自己的言語表達中。

三、可能補語

在一般的教科書和教材中，通常把可能補語安排在結果補語和趨向補語之後，彷彿可能補語是由上述兩種補語插入「得／不」構成的。研究者指出，「這種表面觀察既缺乏歷史的根據，又與其共時功能不符。從共時的功能角度來看，可能式的語法意義並不是 V 和 R 與否定標記的簡單相加，它有一個外加的結構──動作行為實現的可能性。因此應該把可能式看作一種獨立的結構，不是由普通的動補結構通過插入某些成分變換來的。」（石毓智，2001：38）

如同結果補語或者趨向補語一樣，由於構成可能補語的成分意義不顯豁，只有整個結構才能表達可能的意義，多數可能補語具有了一定程度的成語性，只能作為一個整體來理解和運用。例如，「他累極了，走不動了」中「走不動」並非說，他走而不動，而是說，他太累了，不可能再繼續走了。同樣「不動」與另一個動詞「扛」結合成「扛不動」，則是說，一個人沒有能力扛起來某件物品等。其他如「住不下」（這個宿舍很小，住不下三個人）、「出不來」（我今天晚上出不來）、「忙不過來」（她一個人忙不過來），雖然留學生知道每個詞語的意義，但是仍然無法理解整個語句的意義。

雖然我們對這些結構的使用頻率還不是很清楚，但是可以肯定的是，它們在日常的生活交際中是很常用的。補語也是要求外國學生必須掌握的一種結構。那麼如何才能更有效地幫助外國學生掌握這些複雜的補語結構呢？

肆、詞彙短語教學路子

通常上面的討論我們可以看出，補語結構雖然是一種很能產的句法結構，但是它們所產生的許多短語（還有些可能是詞語）具有一定的凝固性，具有一定的成語特性。對於結果補語來說，一些結果後置成分相對固定，搭配面廣泛，功能固化，如完／好等。而所謂的趨向補語的引申用法也不簡單，動詞和所謂的趨向補語相互之間意義上具有高度的選擇性，並具有一定的慣用性。對於可能補語而言，它們的意義來自於整體結構，並且整個結構的組合性不明顯，也是一種相對固定的搭配用法。

在以往的漢語教學中，各種補語結構是作為語法點來進行教授的。在學生明白了有關的語法規則之後自由進行組合時，得到的往往是不合漢語習慣的用法；另外，由於沒有掌握一定數量的補語結構，對於新遇到的各種補語往往不能理解。造成這種狀況的原因，一方面在於我們對漢語的補語結構的描寫還很不全面，另一方面在於我們對於語法的理解過於狹窄、僵硬，忽視了語法和詞彙的相互作用。實際上，許多的語言研究者相信，語法和詞彙之間的界限並非那麼截然分明。語言使用中出現的大量預製的片語說明，人們並不是時時都在按照語法規則構造語句，它們可能在頭腦中存貯著許多大於詞的單位，在使用中整體性地提出來使用。在自然語言處理過程中，計算語言學研究者面臨著如何處理語言中的僅靠句法規則無法處理的過渡現象。1984 年 Wilensky 等人提出了「短語方法」（phrase approach）。Zernick and Dyer（1987）的方案中不僅包括單個的詞語，還包括如「at large、at all」之類意義無法從組成成分中

推導出來的固定短語，同時包括一些不那麼固定、符合一般語法規則的短語，如「look/sniff/play at」之類。對這一類短語還給出了一般規則和意義，用來處理詞表中沒有出現的例子。這個系統的處理能力比傳統的系統有所提高。研究言語生成和理解的學者發現，由於詞彙短語具有一定的固定性和常用性，對它們的使用和理解所需要的努力就比較小，使用者可以節省一些努力來建構和處理較大的言語片斷。對第一語言習得和第二語言學習的研究也表明，兒童和外語學習者在學習母語和外語初期會經歷一個階段，在這個階段他們使用很多言語塊，實際上是一些片語。例如他們可能把「This is a X」前面的三個語素當作一個單位來使用。

　　由於漢語的動補結構產生的很多短語具有成語性，我們認為，在對外國人的漢語教學中，除了進一步加強這種結構本身的語法練習以外，應該把各種常用的動補結構當作一個固定短語，像一個個詞語一樣教給學生，而不必太顧及語法教學的順序。舉一個例子來說，即使是宣稱嚴格按照語法點安排教學內容的課程或教科書，也會在開始階段教授「對不起」的用法。而「對不起」按照語法分析就是一個可能補語結構。沒有人會因為學生還沒有掌握基本的主謂賓句型反對教授「對不起」的用法。我們通常也是把它作為一個整體教給學生，沒有人會進一步分析這個短語的結構。這要求我們的教材（生詞表、生詞注釋）、練習、工具書，不必拘泥於詞彙和語法的嚴格區分，根據需要把「對不起／來不了／寫好」這樣的詞彙短語收錄進去。針對外國人的工具書，不應該只收錄傳統意義上的成語、諺語等等，對各種具有成語性的單位可以放寬限制，收錄、解釋、提供例證，以便學生掌握使用漢語。

當然，採用所謂的詞彙短語路子，並不意味著把固定的動補結構當作普通的動詞或者形容詞，因為每一個短語都是一個微型的語法，它們的詞彙語法特徵比一般的詞彙要複雜一些。例如，對於「說下去」這樣的短語，我們需要告訴學生它不能帶賓語，常用在祈使句中，可以跟「繼續、接著」這樣的動詞性成分搭配；與它意義相關的「說出來」，常與「勇敢」、「大聲」等一起使用，常用於「把」字句等等。

參考文獻

陳昌來。1991。「V（上）」結構的分析〔J〕。青海教育學院學報，（2）。

陳昌來。1994。動後趨向動詞性質研究述評〔J〕。漢語學習。（2）。

陳昌來。1994。論動後趨向動詞的性質──兼談趨向動詞研究的方法〔J〕。煙臺師範學院學報（哲社版），（4）。

範繼淹。1963。動詞和趨向性後置成分的結構分析〔J〕。中國語文，（2）。

李德津、程美珍。1988。外國人實用漢語語法〔M〕。北京：華語教學出版社。

劉月華。1989 漢語語法論集〔M〕。北京：現代出版社。

劉月華、潘文娛、故韡。1983。實用現代漢語語法〔M〕。北京：外語教學出版社。

呂叔湘。1984。漢語語法論文集（增訂本）〔M〕。北京：商務印書館。

呂叔湘。1984。現代漢語八百詞〔M〕。北京：商務印書館。

孟琮。1987。動詞用法詞典。上海：上海辭書出版社。

孟琮。1987。動趨式語義舉例〔C〕// 中國社會科學院語言研究所現代漢語研究室編。句型與動詞。北京：語文出版社。

石毓智。2001。語法的形式和理據〔M〕。南昌：江西教育出版社。

吳潔敏。1984。談非謂語動詞「起來」〔J〕。語言教學與研究，（2）。

Biber, D. et al. 2000. Longman grammar of spoken and written English[M]. Beijing: Foreign Language Teaching and Research Press.

Fernando, C. 2000. Idioms and idiomaticity[M]. Shanghai: Shanghai Foreign Language Education Press.

Moon, R. 1998. Fixed expressions and idioms in English: A corpus-based approach [M]. Oxford: Clarendon Press.

Nattinger, J. and DeCarrico, J. 2000. Lexical phrases and language teaching[M]. Shanghai: Shanghai Foreign Language Education Press.

關聯詞語「特別是」使用偏誤分析

壹、引言

關聯詞語是指起關聯作用的詞或短語,它們把詞、短語、分句、句子連接起來,並且明確標識連接成分之間的邏輯關係,因此在語言使用中發揮著重要的作用。在對外漢語教學中,人們早就認識到,教學的內容要「由句子擴大到話語」,「僅僅掌握句子結構遠遠不夠,還需要進行話語教學,特別是掌握話語的連貫與銜接」(劉珣,2000:367)。而關聯詞語是實現話語連貫的重要手段。以往對關聯詞語的研究多是從漢語本體的角度進行的,對關聯詞語及其語篇連貫作用的研究在對外漢語教學領域才剛剛起步,對關聯詞語的習得研究同樣處於萌芽狀態(如孫丹,2008)。

貳、語料和方法

本文語料來自北京語言大學的「HSK 動態作文語料庫」。據該語料庫的網頁介紹,「HSK 動態作文語料庫」是母語非漢語的外國人參加高等漢語水平考試(HSK 高等)作文考試的答卷語料庫,收

集了 1992-2005 年的部分外國考生的作文答卷。語料庫 1.0 版收入語料 10740 篇，約 400 萬字，於 2006 年 12 月下旬上網試運行。經修改補充，語料庫 1.1 版語料總數達到 11569 篇，共計 424 萬字。

利用語料庫的「字串」檢索功能，我們從「HSK 動態作文語料庫」抽取了使用「特別是」的語句共 725 條，從中找出發生偏誤的用例 240 個。

但為了對留學生發生偏誤的語句進行分析，我們需要對「特別是」的用法有一個基本的瞭解。

參、「特別是」的用法

《現代漢語詞典》（第 5 版）並沒有把「特別是」當作一個詞收錄，但是在「特別」一詞下，舉例來說明「特別是」的用法：

(1)〔現漢，2005：1334-1335〕

　　他喜歡郊遊，特別是騎自行車郊遊。

《現代漢語八百詞》也沒有為「特別是」設立條目，而是在「特別」一詞的副詞用法下指出：「從同類事物中提出某一事物加以說明；尤其。『特別』後面多加『是』。前面可以是類名，也可以列舉同類事物。」（2002：528）該書還列出了「特別是」後附成分的兩種類型：（a）特別是＋名；（b）特別是＋動／小句。

雖然很多辭書沒有收錄「特別是」，但是根據它在語言使用中的實際情況，我們認為它已經變成了一個關聯詞語，形式固定，連接作用明顯。因此，在漢語教學中理應把它當作一個詞彙單位教給學生。

「特別是」是一個多功能的關聯詞語，不僅可以連接詞語、短語，還可以連接分句和句子。例如：

(2)〔北大語料-1〕

我知道自己已經是很多人，特別是小孩子的偶像。

(3)〔北大語料-2〕

光芒四射的太陽，表面看去顯得平靜而安詳，但實際上，太陽（特別是表層）局部的活動、爆發十分頻繁，有時還相當劇烈。這就是日益引人注目的太陽活動。

(4)〔北大語料-3〕

詩劇被翻譯介紹到中國，曾給當時謀求民族獨立的中國人民、特別是青年，帶來精神上的鼓舞。

(5)〔北大語料-4〕

兩個大國之間，特別是像中印這樣兩個接壤的大國之間，一定會有某些問題。

(6)〔北大語料-5〕

中國人民不要同美國打仗，中國政府願意坐下來同美國政府談判，討論和緩遠東緊張局勢的問題，特別是和緩臺灣地區的緊張局勢問題。

(7)〔北大語料-6〕

每一個努力打 82 場比賽的人都會疲勞，特別是新人。

(8)〔北大語料-7〕

極樂鳥頭部為金綠色，披一身豔麗的羽毛，特別是有一對長長的大尾羽，更顯得嫵媚動人，光彩奪目。

(9) 〔北大語料-8〕

天蠍座是著名的夏季星座,每年 5 月至 10 月底的上半夜都可見到。特別是在夏季,天蠍座雄踞在黃昏後的南天夜空中,十分引人注目。

(10) 〔北大語料-9〕

東北師範大學學生曹顏林說:「這是我第一次滑雪,雖然還站不穩,但這種感覺很新鮮,特別是能與世界頂尖選手站在同一賽道上覺得很榮幸。」

(11) 〔北大語料-10〕

怎樣才能到達東方呢?只好另尋新航路了。天文、地理知識的擴大,造船技術的提高,特別是中國人發明的羅盤針的西傳和使用,為歐洲人探索新航路提供了條件。

(12) 〔北大語料-11〕

胡錦濤在賀電中說,中葡建交 25 年來,兩國關係穩步發展。雙方各級別往來日益密切,相互瞭解和信任不斷加深,各領域的交流與合作取得顯著成果。特別是兩國通過友好協商,順利解決了澳門問題,為中葡關係發展開闢了更加廣闊的前景,也為有關國家之間妥善解決歷史遺留問題樹立了榜樣。

上例中,例 2 到例 5 中的「特別是」用來連接兩個詞語或片語,但使用的標點符號有所不同。例 2 在兩個連接成分之間使用逗號,這種形式比較常見。例 4 使用了頓號,雖然不那麼常用,但是也不能認為是錯誤,因為頓號確實可以用來連接兩個短小的成分。例 3

把「特別是」及其後面的詞語放在了括弧裏，也符合標點符號的用法規定。

例 5 到例 6 的「特別是」用來連接片語。注意「特別是」連接的成分之間的形式關係，在例 5 中，通過在「兩個大國之間」增加限制語的方法生成「像中印這樣兩個接壤的大國之間」；在例 6 中，通過「遠東」與「臺灣地區」的並列形成整體與局部的對比。

例 7 到例 9 中「特別是」連接的是小句。例 7 中「特別是」小句採用了省略的方式。但例 8、例 9 卻採用了完整小句的形式，並且例 9 乾脆把「特別是」引導的小句跟前面的小句用句號分開。但是無論採用何種形式，「特別是」引導的小句或句子跟其前面的小句或句子在意義和句法形式上的照應都是不容忽視的。

我們把例 10 到例 12 放在一起討論，是因為這些例子中的「特別是」用來連接並列的成分，各個成分之間不存在包含關係。例 11 中的「特別是」用來連接三個並列的「條件」，三個原因之間不存在上下位關係，只不過用「特別是」來表明第三個原因更重要一些。例 10 中的「特別是」用來連接發話人的兩個感受，雖然是用逗號來連接，但其實連接的是兩個句子。例 12 更清楚地表明「特別是」連接句子的功能，三個句子並列在一起用來說明中葡兩國關係發展的三個方面，並不是嚴格按照時間順序或者事物之間的關係來安排的。

總之，作為關聯詞語，「特別是」已經超越了複句的限制，向下可以連接詞語或短語，向上可以連接句子。

同時，使用「特別是」的語句在意義方面也有特殊的要求。「特別是」語句涉及兩個或兩個以上的項目，我們稱之為項目 $_1$、項目 $_2$、項目 $_3$。「特別是」引導的項目與前面項目在意義上有兩種關係：（1）包含關係，即「特別是」引導的項目是前面項目的一部分，兩者之

間存在整體與部分的關係；（2）並列關係，即「特別是」引導的項目跟前面項目同屬一個類別。「特別是」引導的項目位於所有項目的最後，在與前面項目相對比的情況下得到突出和強調。我們認為，對比和強調是「特別是」語句語義方面的特徵。上文的所有例句都具有這些特徵。有些句子雖然在表面上沒有出現進行對比的項目，但實際上也隱含著對比。例 13 討論的是宴會的禮節，「小型宴會」是相對於普通宴會而言的，因此實際上也存在著對比，只是沒有採用幾個項目並置的方式而已。

(13)〔北大語料-12〕

女主人通常是主持整個宴會的主人，大家注意她的動作。入席時，特別是小型宴會，一般總要等女賓先坐下後，男賓才坐下。男賓最好還要幫鄰座的女賓拉椅子。

總而言之，「特別是」語句是為了在對比的基礎上突出某一項目，為了達到這一目的，幾個項目之間在語義和形式上都需要完美地配合，既要互相靠近又要互相區別。對於語言水平不那麼高的留學生來說，掌握這一關聯詞語並非易事。

肆、留學生「特別是」使用錯誤的類型和分析

我們對留學生使用「特別是」的 240 個錯誤用例進行了逐個分析，對其中的錯誤粗略分為三種類型：（1）標點錯誤；（2）結構錯誤；（3）語義錯誤。下面我們將對這三種錯誤類型進行具體分析。

一、標點錯誤

留學生在使用「特別是」語句時由於不瞭解「特別是」引導的項目跟前面項目的關係而使用錯誤的標點符號。例如：

(14)〔北語 HSK 語料-1〕

那我回答我還是喜歡流行歌曲，〔BC。〕特別是中國的流行歌曲。

(15)〔北語 HSK 語料-2〕

因為吸煙不僅僅對煙民自己不利{CC2 不利〔C〕益}，而且對公眾有害，〔BC。〕特別是老〔C〕人和孩子。

(16)〔北語 HSK 語料-3〕

在這樣的情況下，人們越想聽音樂，特別是〔BD，〕流行歌曲。

(17)〔北語 HSK 語料-4〕

對於一些研究專家來說，自然之聲對人們的健康會帶來一些利益特別是對老人家，於是老人要到山頂或海邊去旅遊是最好{CC 善}的……

留學生作文中常常出現的一種標點錯誤是在「特別是」引導的項目前面使用句號來結句。前面的例子（例 9、12）已經表明，「特別是」引導的項目前面並不是說不可以出現句號，特別是這個項目本身需要比較複雜的語句來完成時。留學生的標點錯誤出現在「特別是」引導的小句本身是一個省略句的情況下，使用句號隔斷了「特

別是」小句與前面小句之間的聯繫，使得省略小句變成了無本之木、無源之水。另外一種錯誤也發生在「特別是」引導的小句本身是一個省略句的情況下，有的留學生在「特別是」之後使用逗號，隔斷了關聯詞語和後面的省略成分，如例 16。比較少見的情況是有些留學生遺漏了「特別是」小句之前的標點符號，如例 17。

不過，並非所有出現在「HSK 動態作文語料庫」中被標識為標點錯誤的句子都發生了標點錯誤。根據我們上文的描述，有些語句的標識值得商榷。例 18 中使用了頓號，雖然不常見，但也不是不可以。例 19 中，「特別是」引導的語句是一個完整的小句，使用句號分開也是可以的。

(18)〔北語 HSK 語料-5〕

其他國家，〔BC、〕特別是發展中國家應該模仿中國。

(19)〔北語 HSK 語料-6〕

聽著節奏〔B 湊〕快的歌，{CJ-zhuy 我}很想跳舞，自動地肩膀〔B 旁〕動起來，〔BC。〕特別是心情不好或者鬱〔C〕悶〔C〕的時候聽流行歌，就心情好一點兒。

也許有人覺得，標點符號錯誤可能是由於留學生不良的書寫習慣或者由於時間的壓力造成的，不值得大驚小怪。但是我們認為，標點符號其實也是標識語句關係的重要手段，留學生在這方面的偏誤正說明了他們對「特別是」語句之間語義關係認識不清。大多數的標點錯誤表現在留學生把「特別是」引導的省略句當成完整的語句看待，正說明他們對「特別是」語句的結構和語義要求還沒有掌握。另外這一類型的錯誤在所有錯誤中所占的比例也很高，約占 1/3，也促使我們把它們單獨列出來進行討論。

二、結構錯誤

結構錯誤指「特別是」語句在語法結構方面出現的各種各樣的錯誤，即雖然寫作者要表達的語義也與關聯詞語的要求相符，但在語法結構方面存在問題。此種類型的錯誤又細分為：

（一）關聯詞語形式錯誤

留學生用與「特別是」類似的形式，如「特別的」、「特別說」、「特別」來代替「特別是」。

(20)〔北語 HSK 語料-7〕

特別是{CC 的}〔BD，〕要做很辛苦的事時，更是這樣的。

(21)〔北語 HSK 語料-8〕

特別是{CC 說}電視、電腦等家電用品的出現給我們提拱了很〔C〕大的〔C〕方便。

(22)〔北語 HSK 語料-9〕

有些人喜歡流行歌曲，特別是{CC3 特別}從〔F 從〕外埠來的歌星，更不用說。〔BC，〕（有時一張票價價高到數千 X。）

(23)〔北語 HSK 語料-10〕

他在家裏是無能的人〔BQ，〕但是在外邊，特別是{CC3 特別}在公司〔BQ，〕是〔BD，〕能幹的、〔BC，〕有能力的人。

（二）關聯詞語或其引導的語句位置錯誤

(24)〔北語 HSK 語料-11〕

首先從對個人的影響說明我的意見。吸煙害於個人的健康……吸煙特別是對未成人造成〔B 長〕極大的危害。

(25)〔北語 HSK 語料-12〕

在世界上很多人沒有吃的現象，這是個不是今日的話題了。特別是在北朝鮮很多小孩子沒有吃的了。

(26)〔北語 HSK 語料-13〕

有很多人在這樣〔BD，〕困難的情況下，特別是年輕人去做不好的事，如吸煙、喝灑、吸毒什麼的。

(27)〔北語 HSK 語料-14〕

他們應該知道吸煙不但給自己帶來了壞處，還給別人帶來了不健康的影響，特別是家長。如果家長能把煙戒掉，以身作則的話，會幫助青少年養成良好的習慣。

(28)〔北語 HSK 語料-15〕

我現在在語言學院學習。為了增強中文能力，特別是口語能力。

關聯詞語「特別是」要求出現在所引導的小句前面，例 24 中「特別是」出現在小句的主語之後。例 25 中「特別是」引導的小句應緊跟在「很多人」小句後以形成對比關係，例 26 中的「特別是」小句也應該出現了「很多人」之後，而不是被條件狀語隔開。第 27 例單

獨來看沒有問題，但是參考作者的上文，句子開頭的「他們」指的是煙民，再聯繫後面的語句，「特別是」小句中的「家長」似乎是與開頭的「他們」對比，而不是與第二個小句中的「別人」對比。如果這個分析成立，「特別是」小句的位置也應該挪至他們（這裏代詞的使用也有問題，改為煙民）之後才對。例 28 中「特別是」小句的位置沒有問題，但是「為了」引導的目的小句的位置放錯了，並且獨立使用，導致句子結構的不完整。

（三）關聯詞語引導的語句與前面語句的配合錯誤

前面提到，為了對兩個或兩個以上的項目進行對比，在句法結構上要求前後項目的配合，例如通過省略、指代、增減、變異等方法。留學生由於漢語水平的限制，往往無法把握前後語句的配合，出現了前後缺乏關聯的錯誤。例 29 中本來應該使用名詞短語，卻使用了一個小句的形式。例 30 缺乏一個與「大家庭內部」相對應的結構，如果在第二個小句中加上如「社會上」這樣的成分就比較好，此外「特別是」引導的小句也可以採用省略的方式。例 31、例 32 也是在「特別是」小句方面出現問題。例 31 中引導的省略成分不完整，例 32 中除了語序的錯誤，還存在「的」的使用錯誤。

(29)〔北語 HSK 語料-16〕

　　可是，有的人說，特別是老人認為它對我們沒有好〔C〕處。

(30)〔北語 HSK 語料-17〕

　　每個人的出生都不一樣，會發生一些代溝{CJ-zxy 問題}，〔BC.〕特別是一個大家庭內發生率較高{CC 多}。〔BC.〕

(31)〔北語 HSK 語料-18〕

的確是這樣，我在越南的時候很喜歡看中國的電影，特別是一些古裝片和生活方面{CJ-zxy 的電影}。

(32)〔北語 HSK 語料-19〕

現在人們其實不充分交流{CJX}與別人，特別是與前輩的交流缺乏{CJX}的。

三、語義錯誤

語義錯誤指由於不符合「特別是」語句的語義要求卻使用了此關聯詞語。主要有以下幾種情形。

（一）「特別是」的漏用

(33)〔北語 HSK 語料-20〕

東方和西方的文化完全不同，瞭解東方人，特別是〔L〕中國人是以後工〔B 公〕作{CD 方面}成功的一個很重要的條件。

(34)〔北語 HSK 語料-21〕

當時〔C〕日本已〔C〕經開始侵略亞洲國〔C〕家，日本經濟情況轉壞了，特別是〔L〕農民生活變得一天{CQ 比一天}沒有〔C〕吃的了。

（二）當用「特別」而用「特別是」

(35)〔北語 HSK 語料-22〕

我喜歡特別{CC2 特別是}{CJX}中國流行音樂。

(36)〔北語 HSK 語料-23〕

　　吸煙是對身體特別不好，含有對身體有害的物質，特別是對女年〔C〕青人不好。

（三）沒有對比而用「特別是」

(37)〔北語 HSK 語料-24〕

　　奶奶常常給我們講故事，講怎麼樣做人，特別是對我，因為我的性格比較要強{CC2 強}。

(38)〔北語 HSK 語料-25〕

　　實際上我們從小就知道得很清楚〔BQ，〕煙對每個人的身體有壞處的{CJsd}，但是特別是十五來歲那個時候我們都認為吸煙的是一種方式〔B 試〕{CJX}表達自己的開放，自己的自由。

(39)〔北語 HSK 語料-26〕

　　拿{CC 對}我們韓國來說，特別是七十{CC1970}年代，國家的要求〔B 球〕特別嚴格。

　　例 37 中「特別是對我」小句不知道是跟那個小句構成對比，如果加入「這樣的教育對我們很有幫助」就比較清楚了。在例 38、例 39 中並不需要突出「特別是」引導的成分，發話人有時要表達的僅僅是一種程度的概念，例如在例 39 主要小句中使用了「特別」作為程度狀語。

（四）其他

(40)〔北語 HSK 語料-27〕

這時，有個好的方法，就是聽音樂。特別是{CC3 其中}聽流行音樂。

(41)〔北語 HSK 語料-28〕

除了這些活動以外，我還喜歡的是去旅遊。特別是今年寒假的時候{CJ-zhuy 我}去哈爾濱旅遊了，這個旅遊呢，對我來說{CC 說話}，是一件{CJ-sy 有}非常深刻的印象〔B 影〕的事。

(42)〔北語 HSK 語料-29〕

他是個農民的典型，非常老〔C〕實，經過許多風雨，春耕秋收，特別是對豐收很高興，今年〔C〕已經六十多歲了。

(43)〔北語 HSK 語料-30〕

我們圍{CC 繞}著一張圓圓的桌子用餐，特別是她親手做的餃子的{CJ+dy 好}味道，{CJ-zhuy 我}到現在也不能忘記。

例 40 混淆了「特別是」與「其中」的區別。例 41 到例 43 中「特別是」引導的語句雖然跟前面的語句有某種聯繫，但根本不能使用「特別是」來連接。

綜合前面的分析，我們發現，雖然學習者也明白「特別是」是用來連接兩個或多個語句的，知道它的位置是在句首，但是對它所連接的語句的語義要求並沒有真正掌握。除了漏用和與「其中」相混，很多的語義錯誤是由於學生在需要僅僅表達程度或強調時使用

了「特別是」。這表明學習者先前掌握的程度副詞「特別」對「特別是」的學習產生了很強的干擾。

伍、小結及對關聯詞語教學的建議

通過分析留學生使用「特別是」的偏誤，我們發現，留學生對關聯詞語「特別是」的掌握還存在一些問題。從數量來看，出現偏誤的用例占總使用數的 33%。從偏誤類型來看，標點錯誤占總偏誤的 32%，結構錯誤占總偏誤的 30%，語義錯誤占總偏誤的 38%。在語義方面，留學生忽視了「特別是」所具有的連接和對比功能，在表達程度的情況下使用了「特別是」，反映出作為程度副詞的「特別」對作為關聯詞語「特別是」的負遷移作用。如果把標點符號也作為一種特殊的結構形式，留學生在使用「特別是」語句時出現的結構問題更多一些。一種常見的錯誤是獨立使用「特別是」引導的小句（特別是省略小句），隔斷了它們與前面小句的銜接與連貫。另外就是限於語言能力，在前後語句構造方面缺乏照應，無法形成自然而連貫的語段。

對留學生關聯詞語使用偏誤的分析將有助於改進教學。就「特別是」而言，要重視它作為關聯詞語的連接作用。要通過各種例句向學生說明「特別是」具有的多方面連接功能，使用「特別是」語句的語義要求，連接不同成分時語法結構的變化。在「特別是」連接兩個小句構成複句時，要教會學生「特別是」小句的句法變化，如省略、指代、重複等等。僅僅教給學生關聯詞語本身的用法還不夠，還需要教會學生跟關聯詞語使用相關的語法結構等方面的知

識。此外，雖然「特別是」與程度副詞「特別」在意義上有一些聯繫，但往往會造成負遷移，應提醒學習者注意。

參考文獻

「HSK 動態作文語料庫」課題組。「HSK 動態作文語料庫」說明〔EB/OL〕。
　　（2008-07）〔2010-1-25〕http://202.112.195.192/hsk/index.asp。
劉珣。2000。對外漢語教育學引論〔M〕。北京：北京語言大學出版社。
呂叔湘主編。2002。現代漢語八百詞〔M〕（增訂本）。北京：商務印書館。
孫丹。2008。廣義轉折關係複句偏誤的三個平面分析與教學〔J〕。海南師
　　範大學學報（社會科學版），(2)。
張博等。2008。基於中介語語料庫的漢語詞彙專題研究〔M〕。北京：北
　　京大學出版社。
趙金銘等。2008。基於中介語語料庫的漢語句法研究〔M〕。北京：北京
　　大學出版社。
中國社會科學院語言研究所詞典編輯室。2005。現代漢語詞典〔Z〕。第
　　5 版。北京：商務印書館。

語言文學類　PG0608

一讀就懂
──漢語詞彙短語 18 句

作　　者 / 劉運同
責任編輯 / 陳佳怡
圖文排版 / 郭雅雯
封面設計 / 陳佩蓉

發 行 人 / 宋政坤
法律顧問 / 毛國樑　律師
印製出版 / 秀威資訊科技股份有限公司
　　　　　114 台北市內湖區瑞光路 76 巷 65 號 1 樓
　　　　　電話：+886-2-2796-3638　傳真：+886-2-2796-1377
　　　　　http://www.showwe.com.tw
劃撥帳號 / 19563868　戶名：秀威資訊科技股份有限公司
　　　　　讀者服務信箱：service@showwe.com.tw
展售門市 / 國家書店（松江門市）
　　　　　104 台北市中山區松江路 209 號 1 樓
　　　　　電話：+886-2-2518-0207　傳真：+886-2-2518-0778
網路訂購 / 秀威網路書店：http://www.bodbooks.com.tw
　　　　　國家網路書店：http://www.govbooks.com.tw
圖書經銷 / 紅螞蟻圖書有限公司
　　　　　114 台北市內湖區舊宗路二段 121 巷 28、32 號 4 樓
　　　　　電話：+886-2-2795-3656　傳真：+886-2-2795-4100

2011 年 10 月 BOD 一版
定價：300 元
版權所有　翻印必究
本書如有缺頁、破損或裝訂錯誤，請寄回更換

國家圖書館出版品預行編目

一讀就懂：漢語詞彙短語 18 句 / 劉運同著. --
一版. -- 臺北市：秀威資訊科技, 2011.10
　面；　公分. -- (語言文學類 ; PG0608)
BOD 版
ISBN 978-986-221-810-5(平裝)

1.漢語教學 2.詞彙 3.文集

802.07　　　　　　　　　　100014608

讀者回函卡

感謝您購買本書，為提升服務品質，請填妥以下資料，將讀者回函卡直接寄回或傳真本公司，收到您的寶貴意見後，我們會收藏記錄及檢討，謝謝！
如您需要了解本公司最新出版書目、購書優惠或企劃活動，歡迎您上網查詢或下載相關資料：http:// www.showwe.com.tw

您購買的書名：_____

出生日期：_____年_____月_____日

學歷：□高中 (含) 以下　　□大專　　□研究所 (含) 以上

職業：□製造業　□金融業　□資訊業　□軍警　□傳播業　□自由業
　　　□服務業　□公務員　□教職　　□學生　□家管　　□其它_____

購書地點：□網路書店　□實體書店　□書展　□郵購　□贈閱　□其他

您從何得知本書的消息？

□網路書店　□實體書店　□網路搜尋　□電子報　□書訊　□雜誌

□傳播媒體　□親友推薦　□網站推薦　□部落格　□其他_____

您對本書的評價：（請填代號　1.非常滿意　2.滿意　3.尚可　4.再改進）

封面設計____　版面編排____　內容____　文／譯筆____　價格____

讀完書後您覺得：

□很有收穫　□有收穫　□收穫不多　□沒收穫

對我們的建議：_____

_____

_____

_____

11466

台北市內湖區瑞光路 76 巷 65 號 1 樓

秀威資訊科技股份有限公司　　　收

BOD 數位出版事業部

....

（請沿線對折寄回，謝謝！）

姓　　名：＿＿＿＿＿＿＿＿　年齡：＿＿＿＿　性別：□女　□男

郵遞區號：□□□□□

地　　址：＿＿＿＿＿＿＿＿＿＿＿＿＿＿＿＿＿＿＿＿

聯絡電話：(日) ＿＿＿＿＿＿＿＿＿＿　(夜) ＿＿＿＿＿＿＿＿＿＿

E-mail：＿＿＿＿＿＿＿＿＿＿＿＿＿＿＿＿＿＿＿＿